FICÇÕES
FILOSÓFICAS

Theodore Dalrymple

Tanto por Fazer – O Testamento de um *Serial Killer*

TRADUÇÃO
Marcelo Consentino

Copyright © Theodore Dalrymple
Copyright da edição brasileira © 2020 É Realizações
Título original: *So Little Done – The Testament of A Serial Killer*

EDITOR Edson Manoel de Oliveira Filho

PRODUÇÃO EDITORIAL *É Realizações Editora*

CAPA E PROJETO GRÁFICO Angelo Alevatto Bottino

DIAGRAMAÇÃO Nine Design | Mauricio Nisi Gonçalves

PREPARAÇÃO DE TEXTO Fernanda Simões Lopes

REVISÃO Nestor Turano Jr.

IMAGEM DA CAPA Markus Schnessl

Reservados todos os direitos desta obra. Proibida toda e qualquer reprodução desta edição por qualquer meio ou forma, seja ela eletrônica ou mecânica, fotocópia, gravação ou qualquer outro meio de reprodução, sem permissão expressa do editor.

CIP-BRASIL. CATALOGAÇÃO NA PUBLICAÇÃO
SINDICATO NACIONAL DOS EDITORES DE LIVROS, RJ

D157T

DALRYMPLE, THEODORE, 1949-
TANTO POR FAZER : O TESTAMENTO DE UM SERIAL KILLER / THEODORE DALRYMPLE ; TRADUÇÃO MARCELO CONSENTINO. - 1. ED. - SÃO PAULO : È REALIZAÇÕES, 2020.
184 P. ; 21 CM. (FICÇÕES FILOSÓFICAS)

TRADUÇÃO DE: SO LITTLE DONE: THE TESTAMENT OF A SERIAL KILLER
ISBN 978-85-8033-396-1

1. ROMANCE INGLÊS. 2. HOMICÍDIOS EM SÉRIE - ROMANCE. I. CONSENTINO, MARCELO. II. TÍTULO. III. SÉRIE.

19-61585   CDD: 823
                                                                          CDU: 82-31(410.1)

LEANDRA FELIX DA CRUZ - BIBLIOTECÁRIA - CRB-7/6135
26/11/2019 28/11/2019

É Realizações Editora, Livraria e Distribuidora Ltda.
Rua França Pinto, 498 · São Paulo SP · 04016-002
Telefone: (5511) 5572 5363
atendimento@erealizacoes.com.br · www.erealizacoes.com.br

Este livro foi impresso pela Gráfica Pancrom em abril de 2020. Os tipos são da família Pensum. O papel do miolo é o Lux Cream 70 g/m² e o da capa, cartão Ningbo C2 250 g/m².

Capítulo 1

Seus hipócritas! Vocês fingem (não só para os outros, mas também para si mesmos) que estão lendo isto por um propósito maior, como para compreender a mente de um assim chamado *serial killer* como eu. Mas por quê, se me permitem a pergunta, vocês estão interessados na mente de um *serial killer* para começo de conversa? E que bem a sua compreensão faria a vocês, mesmo supondo que ela pudesse ser atingida a partir da leitura do que eu escrevi? Acaso impediria o surgimento de um único assassino desse tipo no futuro, ou facilitaria a sua detenção? Não, não é esclarecimento que vocês estão buscando, mas entretenimento lascivo; vocês seriam empregados com muito mais proveito aprendendo algo de valor prático, como reparar seu sistema de aquecimento central. Vá ao aquecedor de imersão, mesmo que com preguiça – considere seus caminhos e seja sábio. (Eu adaptei muito ligeiramente um verso dos Provérbios 6,6 da Bíblia, creio eu, embora não seja fácil checar em minhas atuais circunstâncias: eu menciono isso somente porque considero o máximo da má educação fazer uma alusão literária sem revelar sua fonte ao leitor.)

Arrepios baratos e um frisson de excitação: é para isso que serve toda arte, quando desnudada de suas pretensões. É o prurido, afinal, que mantém o cinema, os jornais e a literatura andando. O mundo tem muito o que agradecer aos assassinos, quando se pensa nisso. Não que eu espere gratidão, embora minhas atividades tenham estimulado algo como um boom turístico em Eastham, uma cidade lúgubre até o momento desprovida de atrações, mesmo (ou talvez especialmente) para seus habitantes. Pelo que sei, eu provi emprego aos fabricantes de suvenires: pois fui confiavelmente informado de que camisetas com a inscrição *Eu visitei a casa de Graham Underwood e sobrevivi* estão sendo vendidas por todo lugar na cidade.

De acordo com os jornais italianos, eu sou *Il mostro di Eastham*: o Monstro de Eastham. Estou aprendendo italiano na prisão, uma língua bela e poética, e consegui forçar o Departamento Prisional a me entregar *la Repubblica* todos os dias, embora chegue com alguns dias de atraso, por nenhuma boa razão que eu possa encontrar.

Minha façanha de enterrar quinze pessoas em um jardim urbano dificilmente maior que um cemitério de adro de Igreja – minha vida foi cheia de ironias – sem ter sido descoberto por meus vizinhos moralistas causou maravilhas ao redor do mundo, e acrescentou imensuravelmente à vivacidade da nação. As pessoas imaginam que estão sendo espirituosas quando me chamam "Graham Underground" – isto é "Subsolo" – e supõem que foram as primeiras a ter pensado nessa piada. Mas quão maior teria sido a sua admiração por mim se tivesse sido de conhecimento geral que eu consegui eliminar sete outros com sucesso – com tanto sucesso, de fato, que, mesmo depois de eu ter fornecido à polícia a maior quantidade de detalhes possível, mostrou-se impossível rastreá-los.

Não que a polícia não tenha se esforçado muito, exceto para impedir que o conhecimento de minha confissão subsidiária vazasse ao público, tornando-se, assim, um fator de reprovação à sua negligência e incompetência. Eles fingiram acreditar, quando eu fiz minha confissão, que eu estava tentando desencaminhá-los em um momento em que os recursos do laboratório forense já estavam sobrecarregados pelos quinze casos cujos corpos já haviam sido achados; de resto, eu ouvi de soslaio um policial comentar com o outro que o tipo de pessoa que eu matara era o tipo de pessoa da qual ninguém sentia falta, com quem quase não valia à pena perder muito tempo e esforço. E estes, senhoras e senhores, são os homens que se apresentam como os guardiães da segurança e dos costumes públicos, e que se presumem em condições de me julgar!

Eu quase não preciso dizer que esta não foi a única instância de hipocrisia da qual eu fui, e sou, vítima. Duas semanas após a minha prisão, um jornalista, vestido com um jaquetão verde-oliva justinho, fingindo ser um primo há muito perdido, conseguiu me visitar na prisão e, numa conversa fechada entre ele e mim (sou meticuloso em minha insistência no correto uso gramatical de *eu* e *mim*, por sinal), me ofereceu 1 milhão de libras pelos direitos exclusivos da minha história. Naturalmente, ele representava um daqueles jornais sórdidos e baratos que movem regularmente campanhas pela execução de pessoas como eu: mas somente após eles terem escrito suas memórias para impulsionar a circulação mirrada de tabloides, claro.

Quanto aos prisioneiros, eles se sentiam à vontade – de fato, sentiam uma compulsão moral – para me atacar sempre que podiam, em geral em bandos de ao menos três, só para o caso de eu ser um campeão de karatê. Eu fui iniciado nos modos de meus colegas de cárcere quando cinco deles me cercaram nos chuveiros nos quais as autoridades da prisão, crendo que qualquer pessoa que seja presa também deve estar infestada de piolhos, decretaram que todos os que fossem entregues aos seus ternos cuidados pelos tribunais precisariam ser introduzidos logo na recepção. "Vadio maldito", repetiram eles – meus companheiros de prisão – cem vezes (não sendo a invenção verbal um ponto forte entre as classes criminosas), enquanto me chutavam para valer e eu ficava largado sem defesa no chão dos chuveiros. Os guardas (ou carcereiros) faziam vista grossa àqueles procedimentos, porque os aprovavam.

Um vadio, eu logo descobri, é um agressor sexual; e, na hierarquia moral do prisioneiro (se moral é de fato a palavra que busco), mesmo uma barata é maior que um vadio. As autoridades adoram que os detentos, ou *putos*, como eles os chamam, tenham uma hierarquia própria – isso os ajuda a controlar os prisioneiros, e não exagero quando digo que não há ninguém mais preguiçoso no mundo que um carcereiro. Desde que os homens tenham alguém que possam chamar de seu inferior, estão felizes.

E por que os outros detentos me consideravam um vadio, eu que fui descrito por vários psiquiatras como completamente carente de impulsos sexuais, de fato como totalmente assexuado? Porque, em sua imaginação empobrecida, a única razão que qualquer um poderia ter para matar quinze pessoas era gozar daquela gratificação orgástica momentânea que teve um papel tão grande em suas próprias vidas miseráveis (e, sou levado a crer, nas vidas de quase todas as outras pessoas). Quantas horas eles sonharam em suas celas com esse momento fugidio de prazer sexual, quantas horas passam falando sobre isso entre si! Eles não eram capazes de conceber alguém, como eu, que vivesse em um plano totalmente diferente, mais alto, mais intelectual, e menos instintivo.

Mas suponhamos, em prol do argumento, que eu tivesse matado por motivações sexuais. Suponhamos também que, no momento da morte das minhas assim chamadas "vítimas", eu tenha experimentado aquele repentino alívio do desejo que é o absurdo e autocontraditório objeto de todo desejo. Isso teria me tornado mais digno do desprezo de meus companheiros de prisão e dado a eles mais direito de me bater ad libitum? Não teria, antes, me exonerado de toda culpa possível?

Qual de nós sabe de onde nossas proclividades sexuais vêm, como se desenvolvem, como são formadas, o que as nutre e sustenta? Como, então, alguém pode ser responsabilizado por aquilo que o excita? E, de todo modo, não é a prescrição de certos atos sexuais meramente uma questão de convenção social? A homossexualidade – por séculos vilipendiada, condenada, marginalizada e severamente punida – foi subitamente declarada por um decreto do Parlamento como algo não tão terrível no final das contas, tornando-se legalmente permitida numa canetada. Mas a bestialidade e a necrofilia permanecem intoleráveis. Quem, no entanto, sofre com estes últimos atos? As galinhas, os cadáveres? Não, eles são proibidos porque alguém com autoridade tem uma repulsa pessoal por eles – o que é, com frequência, o sinal de uma atração secreta. Aqueles que protestam mais alto são sempre inseguros sobre si mesmos. Há partes do mundo, afinal de contas, no qual a bestialidade é tão comum que chega a ser perfeitamente normal. E o que dizer do tabu do incesto? Que fundamentos racionais podem ser opostos contra o incesto nestes tempos de tantos métodos diferentes de contracepção? O tabu é biologicamente necessário, dizem-nos, para prevenir o nascimento de uma prole monstruosa de pais consanguíneos: mas que força pode ter tal argumento quando uma simples cirurgia, muito mais segura do que qualquer gravidez e parto, está disponível para retificar os fracassos da contracepção? O que é permitido e proibido, senhoras e senhores, é fundamentalmente uma questão de gosto – e poder, é claro.

Tomemos os prisioneiros – a maioria – que ficam tão ultrajados com os crimes dos vadios que não conseguem se refrear e os atacam repetidamente. Façamos uma comparação entre estes prisioneiros e, digamos, um homem imaginário sexualmente despertado pelo estrangulamento de mulheres idosas com noventa anos e que tenha se gratificado nesta direção em três ocasiões distintas. Por favor, repare que não são seus crimes que estamos agora comparando, mas o dano deixado por seus respectivos comportamentos sexuais. Qual deles é pior: o prisioneiro médio ou o estrangulador de idosas?

O prisioneiro médio, caso você não saiba, é um ávido procriador da espécie. Mas o cuidado que ele tem com aqueles de quem é pai é exíguo, tanto por suas escolhas quanto por suas circunstâncias. Em geral, ele vê o mero fato da paternidade como uma prova de sua potência, embora a sua contagem de esperma seja algo que dificilmente pode controlar. Ele em geral gera filhos de ao menos duas mães, quanto mais melhor. Ele abandona essas mães quase sem pensar, ou bate nelas à vontade, ou, por vezes, ambas as coisas. Jamais lhe ocorreria, nem que viesse a viver para chegar a mil anos, provê-las com as necessidades da vida. E, mesmo que por algum estranho infortúnio ele se preocupe com o destino de seus filhos, não obstante comete atos que certamente o levarão a uma prolongada separação deles.

Quanto às mulheres que ele seleciona, são tão aptas à maternidade como peixes para o voo. Você as vê – aquelas poucas que mantêm contato com seus assim chamados amores – em seu caminho rumo à prisão nos dias de visita, vagabundas todas elas, trotando sobre seus absurdos saltos altos, vestidas com uns badulaques baratos e umas roupas decotadas apesar do frio, ou com umas lycras apertadas ou com uns collants multicoloridos, com seus cabelos mal pintados e as raízes mostrando a sua verdadeira cor, suas faces vívidas com uma saturação de maquiagem barata, seus semblantes sempre doentiamente macilentos pela fumaça de sessenta cigarros ao dia, ou engordadas pelo incessante consumo de junk food. Elas arrastam seus filhotes atrás de si, com o rosto encardido e recalcitrantes, as meninas prematuramente piranhas e os meninos já fixados na idade dos três com uma expressão de criminalidade determinada em seus rostos.

Qual é o futuro dessas crianças, falando francamente? Uma vida de crises sem sentido desencadeadas por si mesmos, de moradias baratas e bolorentas cuja mobília está impregnada com urina, de despejos e oficiais de justiça, ou discussões e agressões domésticas, ou embriaguez e noites nas cadeias policiais, de pobreza e um círculo de miséria propagando-se deles para fora como as ondulações em um lago após uma pedra ter sido lançada nele.

Tudo isso é conhecido – ou, ao menos, é conhecível – de antemão; ainda assim, o prisioneiro médio não só tem vários filhos, como também pensa que fez algo belo e digno ao tê-los, e anseia por mais. Ele é o progenitor voluntário de vidas inteiras de tormento.

Faça o contraste disso com o estrangulador de idosas de noventa anos. É mais do que provável que as "vítimas" estejam acometidas por artrite, incapazes de andar ou mesmo de se erguer de uma cadeira sem assistência, incontinentes, parcialmente cegas e meio surdas. Que valor, então, as suas vidas têm para elas? Provavelmente elas imploraram aos seus médicos muitas vezes que as tirassem de sua miséria. Elas estão vivas somente porque não podem morrer pela mera força de vontade. A morte vem a elas não como uma inimiga, mas como uma amiga, há muito esperada e calorosamente recebida.

Eu não sou tão tolo a ponto de negar que o estrangulamento lhes causa algum medo e desconforto temporário. Eu desejo ser completamente aberto e honesto neste breve ensaio, diferentemente dos defensores da lei e de outros que têm em autoridade sobre nós. Mas são poucos, com efeito, os modos de morrer que não comportam nenhum momento de terror e desconforto. É improvável, portanto, que as idosas viessem a se desembaraçar dessa mixórdia mortal (*Hamlet*) inteiramente livres de dor ou desconforto; e a estrangulação é, portanto, não muito pior do que aquilo que elas ao fim teriam experimentado em todo caso.

E, assim, se equilibrarmos entre os sofrimentos previsíveis causados pelas atividades sexuais do prisioneiro médio e os do "pervertido" que extrai prazer do estrangulamento de idosas, devemos concluir que o sofrimento causado pelo primeiro é incomparavelmente maior do que o causado pelo último. De fato, do estrangulador pode-se dizer que é um benfeitor da humanidade, na medida em que ele reduz a soma de miséria nela. O prisioneiro, evidentemente, é, para a miséria, o que os juros compostos são para o dinheiro.

Mas como o direito e a moralidade convencional se distinguem? Eu quase não preciso pedir para que você imagine as fulminações da imprensa às quais um tal estrangulador daria ocasião. Mas a imprensa passa sobre as atividades procriadoras do prisioneiro médio em completo silêncio; e o direito trata o direito deles de recriar o caos ao redor de si como absolutamente sacrossanto, enquanto condena as proclividades do estrangulador da maneira mais forte possível.

Capítulo 2

Vocês terão notado a essa altura que eu posso citar literatura com facilidade, embora eu não seja aquilo a que vocês, com suas ideias convencionais, provavelmente dariam o nome de um homem instruído. Eu não frequentei a universidade ou qualquer outra instituição do chamado ensino superior, embora isso não signifique que eu não possa pensar por mim mesmo. Ao contrário.

Não é que me faltasse a habilidade necessária para o ensino superior: somente a oportunidade. Eu sou aquilo que é desdenhosamente conhecido por aqueles mais favoravelmente instalados no berço como um autodidata, e é por isso (alegam eles) que eu me delicio em longas palavras e argumentos convolutos. Eu nunca tive a capacidade, ou, antes, a permissão, de vivenciar minhas habilidades naturais: minha voz tem um ganido nasal e suburbano, além de ser muito estridente. E admito que não sou nenhum Adônis e que minha postura deixa muito a desejar, mas, acima de tudo, minhas vogais são erradas. Um homem poderia ser um gênio nesse país, mas, se ele erra na pronúncia de suas vogais, não há esperança de sucesso. É a fala que distingue o homem dos animais, no fim das contas, e ouvir que você não fala adequadamente é algo profundamente doloroso.

Meu pai era um escocês. Como ou por que ele veio à Inglaterra eu nunca descobri. A criança pode ser o pai para o homem, mas nunca devemos esquecer que o pai é, não obstante, o pai para a criança. E o meu pai era violento, com ou sem bebida: minha memória mais antiga é de ele batendo na minha mãe, e então me dando uma pancada – en passant, por assim dizer – que me arremessou pela sala até a parede, quando eu comecei a chorar.

Então subitamente, quando eu tinha sete anos, ele nos abandonou, e uma medida da confusão que o seu abandono causou é o fato de eu ainda não ser capaz de decidir se isso foi uma coisa boa ou má. De todo modo, isso significou que minha mãe precisava me sustentar, uma vez que estava fora de questão que meu pai o fizesse. Ela saiu em busca de trabalho, mas não tendo habilidades para falar, só pôde arranjar serviços subalternos. Ela trabalhou por muitos anos como assistente nas cozinhas de uma escola local (sem sequer atingir o status de cozinheira), e lá passou a ter um desgosto tão grande em relação a crianças que jamais falou comigo senão com um guincho exasperado. Eu creio que ela me culpava por minha própria existência, como se eu tivesse me chamado a mim mesmo para existir sem qualquer participação da parte dela, e, sempre que ela me tocava, tão poucas vezes quanto possível, era como se estivesse manejando alguma coisa – algum objeto, profundamente desagradável e imundo. Sua inabilidade ou desinteresse em ter qualquer intimidade física comigo me afetou e me afeta até hoje: eu nunca gostei de ser tocado, e associo a sensação de duas peles humanas em contato não à afeição ou ao prazer, mas à rejeição e à humilhação. Eu me lembro da violência com a qual ela agarrava minha mão depois de eu retornar da escola e tentava remover a tinta azul profundamente impregnada em meus dedos com uma pedra-pomes grosseira. Ela dizia que era para me manter limpo e respeitável, contudo eu creio que era para me infligir dor por meu crime imperdoável de ter vindo à luz.

Ela não recebeu ajuda de ninguém, e nós vivemos – odiando um ao outro – em um apartamentozinho de sobreloja deprimente, lúgubre e bolorento. O proprietário, o quitandeiro do térreo, gritava palavrões para nós se o aluguel estivesse uma hora atrasado. Na cabeça dela, se não fosse por mim, e minha constante necessidade de comida, ela estaria vivendo uma vida de comodidade e luxo. Quando eu perdia meus sapatos porque meus pés cresciam, e eu precisava de um novo par, o olhar azedo em seu rosto me dizia que ela me culpava por minha perversa tendência de crescer enquanto o seu ordenado permanecia o mesmo. Ela não permitia que eu chamasse meus colegas de escola em casa para brincar comigo, porque eles podiam pedir algo para comer. Não que eu quisesse submeter qualquer um deles à hospitalidade amarga da minha mãe.

Fosse ou não por minha natureza, eu logo me tornei um solitário. Crescemos dentro das nossas circunstâncias, por assim dizer. Se eu me visse sozinho na companhia de outra criança, eu não tinha nada a dizer a ela. Quanto mais força eu punha em pensar algo para dizer, menos me ocorria alguma coisa. Eu era tripudiado como um esquisito, como alguém que se mantinha alheado por vontade própria, que não participava dos jogos e não tomava parte da aventura de fumar nos abrigos antibomba da escola (já passara uma década desde o fim da Guerra, mas eles ainda não haviam sido demolidos). Mais de uma criança se encheu de coragem como uma guerreira para me atacar, em geral instigada por um grupo de observadores zombeteiros. Mesmo como vítima, contudo, eu era desprezível, porque eu não lutava de volta da maneira esperada, o que teria justificado retrospectivamente o ataque inicial e não provocado contra mim. É surpreendente o quão exaustivo é bater numa pessoa resignada (assim como o corpo de um homem parece mais pesado depois que a vida o deixou), e meus agressores logo desistiam, escapulindo insatisfeitos e mesmo enojados com a minha inércia. Eu não despertei para essa tática por astúcia ou por profundas reflexões: veio-me naturalmente. Eu não era um tipo Cristo, oferecendo a outra face (Mateus 5,39), amando meus inimigos e fazendo o bem àqueles que me odiavam (Lucas 6,27). Ao contrário, eu desenvolvi um desprezo absoluto por meus algozes, que, me parecia, não podiam fazer nada por vontade própria, mas sempre tinham de atuar em conluio. Mesmo meus professores, que deveriam ter sido meus protetores, tomavam o partido das outras crianças por causa de minha esquisitice, e faziam piadas sobre mim na frente de toda a classe.

Meus passatempos eram solitários, portanto: por algum tempo, eu colecionei os números dos ônibus ou trens, gastando longas horas em pontes sobre estradas ou trilhos de trens auferindo uma verdadeira excitação ao espiar uma locomotiva ou um ônibus que eu não vira anteriormente. Eu escrevia os números numa caderneta que eu ainda tenho (eu admito que sou, de algum modo, um acumulador compulsivo). Eu cheguei naquela época à conclusão de que os artefatos do Homem eram mais confiáveis, e definitivamente mais admiráveis, do que o próprio Homem (ou, antes, Menino), e eu passava o máximo de tempo possível afastado da companhia humana. Eu evitava a minha mãe também, e ela ficava bastante feliz por eu fazer isso, embora fingisse o inverso: seu azedume, seu criticismo incessante e implacável contra mim, a má vontade com que ela me provisionava com o pouco que eu tinha me encorajavam a me enclausurar longe dela, um hábito que então se tornou a base para mais críticas contra mim. "Você está ficando como o seu pai", ela dizia. "Por que você não fala comigo? Ou você pensa que eu estou aqui só para fazer o seu prato sempre que você quiser? Não basta eu ter arruinado a minha vida por você, precisa ser tão intratável? Fala, moleque!" E ela me dava um safanão na orelha, como se a conversa fosse dinheiro para ser sacudido para fora de um cofrinho.

Uma criança atormentada ou maltratada sonha com a sua vingança contra o mundo, mas seus meios são limitados pelo seu tamanho e fraqueza. Sem amigos e sozinho, o que eu poderia fazer para retificar os males que eu sofri? Foi com oito anos de idade que eu descobri as alegrias de infligir dor em outras criaturas vivas. E quem ousa culpar uma criança daquela idade por sua crueldade, a quem não só faltava a capacidade de entender as fontes de suas ações, como não tinha ninguém que se preocupasse suficientemente com ela para corrigi-la?

Eu apanhava moscas e tirava suas asas pelo prazer de ver as suas lutas frenéticas, mas inúteis e sem esperança. O som esmorecido e quebradiço que as suas asas faziam quando eu as arrancava me provocava um frêmito inexplicável. Jamais me ocorreu que os sistemas nervosos desses insetos estavam em um nível muito baixo na escala evolucionária para que sofressem em qualquer sentido inteligível, mas, se tal pensamento tivesse me ocorrido, ele teria destruído o propósito da brincadeira. A arbitrariedade e o capricho das minhas ações (ocasionalmente eu deixava uma mosca capturada ir embora) eram o que me agradava, além do exercício do poder sobre outro ser vivo, que era uma nova experiência para mim.

Eu encontrava besouros e os virava de barriga para cima, olhando as suas pernas chutarem o ar ao ponto da exaustão e da imobilidade em suas tentativas de se endireitar, o que eu cuidava para que não acontecesse. Então, usando minhas unhas como pinças, eu arrancava suas pernas uma a uma, para logo depois virar os besouros a fim de "descobrir" (como se eu estivesse conduzindo um experimento científico em busca de conhecimento) de quantas pernas um besouro precisava para se arrastar por aí. Que prazer extraordinário é olhar os insetos mutilados tentando se arrastar para um lugar seguro, sabendo que eu podia encerrar meu "experimento" a qualquer momento que eu quisesse. Que o besouro não soubesse nem a causa nem a razão daquilo que eu supunha ser seu sofrimento era, é claro, um gozo adicional para mim.

Eu fiz outras experiências. Submergi vermes em água, mas, ao descobrir que, após um frenesi inicial de contorções, eles se aquietavam e pareciam bastante contentes, e de todo modo sobreviviam mais em seu novo meio ambiente do que a minha paciência era capaz de suportar, eu acrescentava várias substâncias, como sal ou cloro à água, para fazer com que se fizessem vívidos de novo e finalmente se desintegrassem em limo vermicular. Com muita frequência, eu me convenci de que agia por curiosidade, e não por crueldade: as faculdades de autoengano e desonestidade estão entre as primeiras que a mente humana desenvolve. Mas a minha autoimputada curiosidade poderia explicar por que eu ria de alegria enquanto observava com uma minuciosa atenção a agonia de morte dos meus cativos?

Nenhuma criatura viva que caísse em meu poder estava a salvo dos meus experimentos. Eu punha vinagre ou acetona em aquários: quão freneticamente morrem os peixes! Sal de cozinha colocado na pele úmida de um sapo era uma experiência soberba. Formigas eram uma constante fonte de deleite: como era fácil imaginar que elas eram pragas, e que, ao derramar água fervente nas ranhuras do solo das quais elas pareciam emanar em tão grandes quantidades, eu estava efetivamente fazendo algo útil.

Um dia eu descobri por acaso que ovos mornos retirados de ninhos de pássaros chocavam se mantidos aquecidos em uma jarra cheia de algodão. Os filhotes se asfixiaram: desde então, eu já não me interessava mais pelos ovos frios de ninhos abandonados, por mais belos que me parecessem, mas somente pelos ovos mornos da ninhada de pássaros que eu espantava dos ninhos. Mais velho então, minha paciência cresceu, e eu ficava olhando minha vasilhinha por horas a fio, antecipando o nascimento dos pobres filhotes, que lutariam cegamente por ar e então – lentamente – asfixiariam.

Eu teria gostado de progredir rumo a gatos e cachorros, pois estava tomando consciência das deficiências dos animais inferiores como objetos de tortura. Mas eu também me dei conta das dificuldades envolvidas: minha mãe sempre se recusou a manter um animal desses por causa das despesas desnecessárias envolvidas, e sua captura provavelmente se mostraria difícil. Eles poderiam morder e arranhar: em resumo, lutar de volta. Eu não estava interessado numa disputa – meus instintos não eram de modo algum esportivos –, mas antes na inflicção segura de sofrimento sem a menor chance de fuga. Eu sabia que com gatos e cachorros os prazeres viriam na proporção dos riscos, mas eu nunca fui alguém que assume riscos. Meu único sucesso com um gato foi com um velho, assustado e artrítico bichano que pertencia a um vizinho, e que, de todo modo, não teria vivido muito. Eu o ensopei de querosene e, depois, taquei fogo. Mas, por mais velho que fosse, impelido pelas chamas, ele descobriu reservas tanto de energia quanto de agilidade. Eu jamais vira tanto frenesi antes, tampouco vi depois.

No restante, contudo, eu tinha de me contentar – quanto a gatos e cachorros – com as lutas que se desencadeavam entre eles espontaneamente, a cujo fascínio eu nunca pude resistir. Eu adorava ver as costas arqueadas de um gato encurralado, sua pelagem eriçada; ou ouvir durante a noite os guinchos sobrenaturais de dois gatos em disputa por seu território; ou ver um cachorro grande no parque local apanhar um menor pela garganta com seus dentes e chacoalhá-lo como um rato. Mas em última instância, essas lutas sempre me desapontavam: primeiro, porque os proprietários dos cachorros os separavam, ou os gatos desistiam antes de se matarem, mas, em segundo lugar, e mais importante, porque eles não caíam em meu poder. Não havia vingança contra o mundo, nenhum apaziguamento de minha humilhação, no sofrimento e na ferida não infligidos pelo exercício da minha própria vontade.

Eu mencionei minhas crueldades infantis em favor da verdade: eu não desejo me apresentar como um santo nato.

Mas vocês ainda me condenam: um monstro, exclamam em uma exaltação de moralismo, um pervertido congênito! Mas eu repito, minha crueldade era a consequência natural, de fato inevitável, do modo como fui criado, que eu não escolhi por conta própria. E, mesmo que a crueldade fizesse parte de minha natureza essencial, que só precisava de certo ambiente para germinar, de quem seria a culpa por isso? Um homem nasce neste mundo tão desamparado quanto meus filhotes na minha garrafa.

Olhem para si mesmos, digo eu! Vocês têm tanta certeza de que não aprovam a crueldade em uma escala muito mais vasta do que jamais foi a minha, e tanto mais repreensível, por que vocês poderiam pôr um fim a ela se assim o quisessem?

Eu vejo aquela expressão de perplexidade se disseminando sobre seus rostos, um olhar de inocência ofendida. Vocês se irritam: como ele ousa se comparar conosco, que amamos nossos bichinhos de estimação e fazemos doações ao Royal Society for the Prevention of Cruelty to Animals (RSPCA)?! Ele não tem vergonha?

Mas, senhoras e senhores, vocês comem carne, vocês bebem leite, vocês consomem ovos. Não importa se sabem ou não como essas commodities são produzidas: pois, se vocês não sabem, sua ignorância é voluntária e, portanto, culpável. Eu não falo aqui do punhado comparativo de animais inferiores que – como eu me dou conta hoje – eram incapazes de receber o sofrimento que eu lhes atribuía, mas antes dos milhões anônimos de seres sensíveis mantidos em condições impronunciáveis só para que vocês possam consumir sua carne ou outro produto. Acaso estou errado em relembrar que, no tempo da minha infância, frango era uma comida de luxo que minha mãe punha na mesa uma ou duas vezes por ano, e isso somente para demonstrar a extensão do seu martírio? Quem hoje se lembra dos dias, que no fim das contas não estão tão distantes, em que comer frango uma vez por semana era sinal de prosperidade?

E o que, pergunto eu, vocês supõem que tenha acarretado a transformação do frango de uma comida de luxo em carne das massas? A crueldade, é claro. Eu não quero dizer que o objeto principal do granjeiro moderno (uma profissão à qual Himmler deu má fama) é maltratar deliberadamente essas aves estúpidas e de algum modo sem atrativos, mas de todo modo sensíveis. De maneira alguma é o caso de exagerarmos o caso alegando falsamente que essas criaturas são capazes dos mais altos processos de pensamento ou dos sentimentos mais refinados. Mas eu ainda afirmo que, para que a carne aviária seja tão largamente disponível, dentro do orçamento de todos, meios cruéis de criação são imperativos. E quem deseja o fim deseja os (inescapáveis) meios.

Presumo que eu não tenha de descrever em maiores detalhes as galerias de uma granja moderna para estabelecer meu ponto. Deixe-me apenas mencionar as minúsculas gaiolas nas quais as criaturas desafortunadas passam suas vidas inteiras, tão pequenas, de fato, que não há suficiente espaço nelas para as aves se virarem ou se moverem em qualquer direção que seja; e permitam-me mencionar também que as aves ficam tão imobilizadas que as suas patas crescem em torno da tela de arame abaixo delas, tornando-se uma parte tão intrínseca da própria gaiola que, quando chega o tempo de removê-las de suas gaiolas, as suas patas precisam ser cortadas debaixo delas enquanto ainda estão vivas. Desnecessário acrescentar que a separação do frango de suas patas é executada sem anestésicos: você não gostaria de carne contaminada, e, em todo caso, o governo não permitiria isso.

Outra carne que você consome de maneira tão despreocupada todos os dias é igualmente o produto da crueldade. Somente o seu desejo de continuar jantando em paz de espírito o impede de investigar as condições do seu abatedouro local, condições que você farisaicamente declararia que o horrorizam se lhe fossem apresentadas as inescapáveis evidências de sua existência, as quais você confusamente apreende, mas delicadamente evita olhar. Você é o Pôncio Pilatos do consumo de carne.

Ao menos quando criança, eu tive a coragem da minha crueldade. Diferentemente de vocês, eu não deleguei a outros cometê-la em meu nome, para que eu pudesse me conclamar amante dos animais. Fiz o que eu precisava fazer por mim mesmo, e nunca imaginei que o sofrimento infligido por trás de um véu de segredo tivesse deixado de ser sofrimento.

Eu renunciei completamente à minha antiga crueldade em relação aos animais e me tornei um vegetariano estrito. Eu também uso sapatos de plástico, embora me permita a lã porque ela não implica o massacre das ovelhas, que, ainda, ainda são mantidas nos prados. Quando as ovelhas forem criadas em fábricas, eu renunciarei ao uso de lã.

A esse respeito, eu sou moralmente muito superior a vocês. Eu já não faço parte dessa maioria satisfeita de si sob cujas ordens, implícitas e silenciosas, mas de todo imperiosas, inumeráveis atrocidades contra animais indefesos, são cometidas por todo país – um país de pessoas que se derramam em lágrimas à vista de um filhotinho com sua pata engessada e que dão grandes somas de dinheiro para apoiar um centro de tratamento para porcos-espinho traumatizados.

Eu quase não preciso acrescentar que os carcereiros – homens que personificam rosbife e muita cerveja, e, em sua maior parte, não entraram nesse serviço por amor ao próximo – acharam minha dieta e convicções veganas dignas de desprezo. (Leite e ovos são produzidos nesta sociedade em condições não aceitáveis para mim.) Os carcereiros e outros prisioneiros consideravam engraçado esconder carne em meus vegetais, e, quando eu protestava, eles replicavam, "Desculpe, pensávamos que você era um canibal, Underwood!". E eu precisava ameaçar com um processo legal para obter os suplementos vitamínicos que a dieta atroz provida aos veganos na prisão torna uma questão de necessidade, e não mera preferência. As autoridades da prisão pensaram que, se eles me deixassem meio morto de fome, viria a desistir da minha dieta e voltar a comer carne. Eles sabiam pouco sobre com quem estavam lidando, ou o que significa ter princípios morais firmes.

Mas por que, vocês podem perguntar, eles tentam com tanto esforço me converter a uma existência carnívora? A provisão de uma dieta completamente vegana para mim não era, no fim das contas, uma coisa difícil. Eu sei a resposta, no entanto: porque eles mesmos sabiam em seus corações que eu estava certo e eles estavam errados. E como poderiam esses pilares da lei se permitir ser inferiores ao *Il Mostro di Eastham*?

Capítulo 3

Não, senhoras e senhores, eu não sou um homem cruel. A polícia não encontrou sinais de tortura nos corpos que tanto vocês quanto eles se comprazem em chamar de minhas "vítimas". É claro que eles não perderam tempo explicando esta misteriosa, e para eles incompreensível, ausência pelo avançado estado de decomposição dos cadáveres. Mas com tão pífios argumentos eles não podiam provar nada do que gostariam: e eu quase não preciso aludir à crescente propensão da polícia a engendrar suas evidências, e não só seus argumentos. Se não fosse pelo fato de que eu livremente admito meus "crimes", na verdade de que eu orgulhosamente os arrogo, vocês não estariam absolutamente certos de que eu sou o seu autor, na medida em que a administração do assim chamado sistema de justiça chegou a um tal estado que qualquer veredito de culpa desperta (muito corretamente) tantas dúvidas quanto confirmações. E convém manter em mente que, mesmo assim, eu sou culpado somente no senso formal, ou jurídico, da palavra, não no muito mais importante senso moral, que pouquíssimos em nossa sociedade entendem.

Outra coisa que desorientou a polícia, com suas imaginações deficientes e empobrecidas, foi o fato de que minhas "vítimas" (seria cansativo não usar a designação aceita, embora totalmente equivocada) eram de ambos os sexos e de muitas, senão de todas, as idades. No passado, os assassinos de mais de uma pessoa – geralmente a esposa – se especializavam, por assim dizer, ou seja, eles matavam somente prostitutas, criancinhas ou amantes homossexuais. O motivo sexual dos assassinatos é em geral óbvio, mesmo para o tardio entendimento da polícia. E, portanto, no meu caso a polícia, pressupondo que seja lá qual tenha sido o motivo no passado, deve ser aquele no presente e no futuro, declarou publicamente que eu era um "sádico polimorficamente perverso" (dá para imaginar quão orgulhosos os semiletrados do pelotão ficaram com essa fórmula polissilábica e grandiloquente). Naturalmente, eu tomei providências imediatas para defender minha reputação: eu instruí meu advogado a impetrar uma ação por calúnia. Claro, não era somente a minha reputação que eu pretendia proteger: havia uma questão de princípio importante em jogo, ou seja, que as autoridades não deveriam estar à vontade para gratuitamente difamar cidadãos. O caso sequer chegou às cortes, no entanto, pelo fato de a polícia ter recuado, emitiu uma retratação pública e me ofereceu uma indenização que eu doei à caridade. Eu sempre agi conforme o interesse público.

Então, eles me enviaram aos psiquiatras, para arrancar o coração do meu mistério, como Hamlet disse a Guildenstern (ou foi a Rosencrantz? Vocês compreenderão que não é fácil checar as fontes em minhas atuais circunstâncias). Havia quatro deles, dois para a acusação e dois para a defesa. Convencido de minha própria sanidade, eu não solicitara quaisquer desses exames, mas meu advogado me persuadiu; uma vez que eu era defendido às custas públicas, não tinha nada a perder com tais exames e nenhuma pedra deveria permanecer sem ser revolvida. Não precisaríamos revelar os relatórios dos psiquiatras contratados para me defender, caso se provassem desfavoráveis ao meu caso, e, portanto, convinha cooperar com eles.

Não há nada a perder, disse o meu advogado. "ah, sim havia, havia." Sempre foi minha intenção escrever uma explicação e uma defesa de minhas atividades, tão facilmente mal interpretadas, e eu me parabenizo pelo fato de que não faltam à minha história pontos de interesse. Mas eu descobri que precisaria repetir a história da minha vida, exatamente da mesma forma, para quatro psiquiatras em rápida sucessão, e não há nada como a repetição para remover o frescor de uma narrativa.

E no que consiste a suposta ciência da psiquiatria, por sinal? Na melhor das hipóteses, é o carneiro da platitude vestido como o cordeiro da profundidade. No seu linguajar, um homem faz as coisas que faz por causa do seu caráter. E como sabe ele que tipo de caráter um homem tem? Por causa das coisas que ele faz. Esta, numa casca de noz, é toda a ciência da psiquiatria.

Os juízes dão ouvidos a este nonsense, claro, e conferem-lhe profundo respeito. Não sabendo nada da vida, de fato protegidos dela pelo cerimonial pomposo e elaborado com o qual estão cercados, são perfeitos idiotas: quer dizer, quando não são pervertidos eles mesmos, como um Presidente da Suprema Corte do passado recente a quem se reputou ter um orgasmo a cada vez que sentenciava uma pena de morte.

Todos sabem que os psiquiatras não são eles mesmos os sujeitos mais equilibrados, embora ainda assim presumam julgar a sanidade dos outros. E que procissão de mancos coxos e aleijados intelectuais passou à minha frente em nome da ciência psiquiátrica! Um deles, vestido com uma jaqueta de veludo cotelê e uma camisa com a gola aberta (nada profissional), falou em tons exageradamente adocicados, como que a implicar que ele entenderia tudo o que eu dissesse a ele, e que o seu entendimento era uma maneira de absolvição infalível. Eu tive a distinta impressão de que outro deles, mais jovem do que o resto, mas já calvo, estava excitado, e talvez mesmo honrado, por ter sido convocado para examinar um personagem tão notório quanto eu, cuja conduta preocupara os jornais por dias a fio. Ele me olhou como se estivesse procurando sinais visíveis de perversidade no meu semblante, contudo fez as mesmas perguntas estúpidas como todos os outros, para que eu me encaixasse nos esquemas diagnósticos e na moral psiquiátrica mutiladora e uniformizante como a cama de Procusto. Em particular, eles estavam interessados em saber se eu ouvia vozes.

"É claro que eu ouço vozes", eu disse. "Eu não sou surdo. Você não ouve vozes?"

"Quero dizer, você ouve vozes quando está sozinho?"

Era claro por esta pergunta que aqueles senhores psiquiatras não tinham ideia de como é a vida na prisão. Você nunca está sozinho na prisão. Mesmo um célebre professor (você podia deduzir seu escalão acadêmico pela gravatinha borboleta azul royal que ele usava e que ninguém mais ousaria usar), o qual devotou toda a sua vida a estudar criminosos e prisioneiros, fez essa pergunta inane.

"À noite", eu respondi, "quando eu estou sozinho em minha cela, eu ouço centenas de vozes. Elas me mantêm acordado, de fato. Prisioneiros são muito barulhentos".

"Não", disseram os psiquiatras, um e todos. "Quero dizer quando não tem ninguém lá."

"Se eu ouvisse vozes, eu presumiria que havia alguém lá, não?"

"Bem, alguma vez você ouviu vozes e se surpreendeu ao descobrir que não havia mais ninguém lá?"

"Infelizmente, minhas atuais circunstâncias não são propícias a uma investigação extensa sobre a fonte dos barulhos que eu ouço."

Eles expressaram também um interesse consistente em saber se eu pensava que havia alguém contra mim.

"Os 5 milhões de leitores – se esta é a palavra certa para eles – do jornal *The Sun*, para começar", respondi. "Eles moveram uma campanha protestando contra as condições luxuosas nas quais alegam que eu sou mantido. Fiquei sabendo que houve uma reposta postal impressionante à sua campanha, na verdade sem precedentes, sugerindo diversas punições para mim, a maior parte envolvendo cirurgia sem anestésicos. Sim, eu penso que há pessoas contra mim."

Todos os psiquiatras disseram que o que eles queriam saber era se eu pensava que havia alguém em *particular* contra mim, qualquer indivíduo como tal.

"O promotor público", sugeri.

Eles também não se referiam a ele. O que queriam saber era se eu considerava que havia um complô contra mim?

"Ó, Senhor, quão idiotas são estes mortais!" (*Sonho de uma Noite de Verão*, Ato 3, Cena 2). Eu só retransmiti a eles o que era de domínio público, disponível em qualquer jornal: ou seja, que os dossiês sobre o meu caso – ou, mais propriamente, *casos* – eram tão extensos que enchiam cinco salas; que dez promotores, ajudados por dois assessores cada um, estavam engajados neles em tempo integral; e que, até o momento, os laboratórios forenses da polícia de uma oitava parte do país não estavam aceitando trabalhar em nenhum outro caso exceto o meu. E, se isso não constituía um complô contra mim, eu não sabia o que mais poderia constituir.

Não, não era tampouco sobre *este* tipo de complô que os psiquiatras estavam falando, disseram. Um deles perdeu a paciência e começou a bancar o cidadão ultrajado: como eu podia chamar de um complô contra mim, quando tudo o que eles estavam tentando fazer era descobrir a verdade sobre os corpos no meu quintal dos fundos? Ele até mesmo suspeitou de que estivesse sendo debochado, em um tema no qual o humor não só era extremamente deslocado, mas também de profundo mau gosto.

Bem, eu respondi, o complô de 20 de julho contra Hitler talvez fosse totalmente justificado, mas ainda assim foi um complô.

E acaso eu não me dava conta, perguntou o psiquiatra – que, naquele momento, assumira aqueles tons de púrpura que eu suponho que os missivistas do *Daily Telegraph* assumem enquanto escrevinham seus pensamentos imortais sobre como criminosos deveriam ser mais severamente punidos –, do quanto eu custava aos contribuintes, não dezenas de milhares, mas centenas de milhares e possivelmente mesmo milhões de libras? A muda de orquídea (ele era o tipo extravagante em um terno tweed verde) tremeu vivamente de indignação ao pensar nisso.

Ao contrário, eu repliquei. Não fui eu que pedi à polícia para escarafunchar o meu jardim, ou para instigar uma investigação com tão alto custo para os cofres públicos. Foi, portanto, a polícia quem envolveu a sociedade nisso, não eu: pois acaso não era um princípio imemorialmente honrado da lei inglesa que cada homem é considerado o autor de seus próprios atos e, assim, responsável pelas consequências previsíveis? De resto, o balanço financeiro das minhas atividades pesava claramente a favor do contribuinte – mas essa é uma questão na qual eu penetrarei mais profundamente logo adiante.

Em um dos relatórios escritos por estes charlatões, aparece a seguinte frase:

> Sr. Underwood [com que pedantismo untuoso todos eles prefaciam meu nome com um *Sr.*, para manter a ficção de que um homem é presumidamente inocente até que o provem culpado, e para diferenciar a si mesmos de todo o aparato penal, do qual, no entanto, eles extraem uma bela remuneração] compensa seu profundo senso de inferioridade insistindo em conquistar vitórias verbais.

Eu suponho, então, que o erudito autor destas palavras compensa seu profundo senso de inferioridade insistindo em sofrer derrotas verbais!

Mas ao menos todos os psiquiatras reconheceram minha inteligência, devo dizer em favor deles, embora não tenham sido exatamente capazes de se forçar a admitir que eu não era meramente inteligente, mas muito inteligente. Não, o melhor que conseguiram gerir foi *Sr. Underwood parece ter ao menos uma inteligência média*, o que afeta certa condescendência, para dizer o mínimo, quando se considera como é a inteligência média.

E eles concederam também – diante de minha insistência – que eu jamais fora empregado em uma atividade comensurada aos meus talentos e habilidades, embora tenham tirado com uma mão o que deram com a outra, pelo uso da fórmula condescendente *Sr. Underwood sente que*, como se a injustiça sob a qual eu trabalhei toda a minha vida fosse uma questão de mera opinião, e não um fato palpável, e como se eu fosse incapaz de distinguir entre fantasia e realidade. Acaso minha mãe não disse numa realidade de carne e osso, não em minha hiperaquecida imaginação psicótica, que eu não deveria sonhar em continuar minha educação além da idade na qual eu pudesse legalmente encerrá-la, por melhor que fossem meus resultados na escola, porque ela não estava preparada para me sustentar após a idade na qual era possível para que eu encontrasse um emprego, e porque ela já sacrificara mais anos de vida do que o suficiente para o meu bem-estar? Eu tinha catorze anos nesta época, minha inteligência nativa sofreu os efeitos de uma vida doméstica infeliz, eu era o primeiro da classe e pensava numa carreira em uma profissão instruída para a qual eu teria sido perfeitamente adequado. Contudo, numa reflexão madura, quem poderia realmente culpá-la por sua estreiteza de espírito quando ela trabalhava para tão míseros ordenados enquanto outros se fartavam da gordura da terra? Por que seus ordenados eram tão pequenos? É porque os de outros eram tão grandes, e ela sabia. Assim, a injustiça da nossa sociedade foi transmitida a mim por minha mãe: enquanto alguns sobem na vida pela mera virtude de terem nascido nas famílias certas, a outros – como eu – foi negada toda oportunidade, sendo assim condenados a desempenhar tarefas subalternas pelo resto de suas vidas.

Mas por quê, eu ouço alguns de vocês perguntarem em suas vozes afetadas e complacentes de classe média, por que ele não poderia ir a cursos noturnos ou para um supletivo se queria melhorar a si mesmo e encontrar um trabalho mais satisfatório? Ao que eu respondo: vocês conhecem uma única pessoa que utilizou essa rota para o sucesso, entre todos os seus amigos e conhecidos por exemplo? Não, vocês que avançam pela vida como faca quente na manteiga não entendem, e não desejam entender, quão difícil é se recuperar após ter fracassado – ou, melhor, ter sido levado ao fracasso – no primeiro obstáculo da corrida da vida. Voltar após um dia de trabalho à miserável acomodação que a sociedade fornece para pessoas como eu (em um bairro no qual a pessoa mais brutalmente antissocial dá as cartas e manda no galinheiro, se me for permitido uma vez misturar minhas metáforas) não é algo propício a esforços extenuantes de autoaprimoramento: ao contrário, é um convite aberto a se largar.

Não obstante, *sim*, eu melhorei a mim mesmo, embora não da maneira que esta sociedade materialista e bacharelesca aprovaria, ou pela qual ela me recompensaria financeiramente. Eu gastei cada hora de que dispunha na biblioteca pública, lendo filosofia, história e literatura – assuntos que não levam a lugar algum no que diz respeito a uma carreira neste país filistino, mas cujo conhecimento é essencial para um homem cultivado.

Mas, se você tinha a energia para isso, eu ouço alguns de vocês perguntando de novo, por que não partir para a contabilidade ou a programação de sistemas, o que teria aberto verdadeiras perspectivas de carreira para você? Ao que eu respondo: pode um homem evitar ter interesse naquelas coisas que o interessam (em meu caso, a Verdade)? Acaso um homem diz a si mesmo, daqui em diante eu me interessarei por contabilidade e, tchan!, dali em diante ele se interessa por ela? Não, senhoras e senhores, quando um homem precisa lutar apenas para se manter alimentado, abrigado e vestido, como eu tive de fazer por toda a minha vida, ele não pode se permitir usar a sua fração de energia remanescente para estudar o que é repugnante para ele: e eu não sou um homem, de todo modo, que negocia em questões de princípio.

Os psiquiatras admitem até mesmo isso em seus relatórios sobre mim, mas como de hábito transformam em vício uma virtude. Eles alegam que aquilo que eles delicadamente chamaram de minhas *atividades* foi o resultado de uma confluência de três circunstâncias ou condições: primeiro, que eu estava consumido por ressentimento pela maneira como fui criado e o subsequente curso da minha vida; segundo, que eu era um autodidata e, portanto, não treinado ou capaz de discernir a validade de um argumento, com uma tendência a aceitar acriticamente o que eu lera;

e, terceiro, que a rigidez do meu caráter me levou a efetivamente agir conforme os princípios que eu vim a assumir.

Para a acusação de ressentimento, eu peticionei exigindo justificação.

Quanto à minha suposta inabilidade de discernir a validade ou não de um argumento, uma inabilidade que supostamente deriva da minha falta de instrução, é tão absurda como acusação que não requer refutação. Acaso eles supõem, estes psiquiatras e assim chamados peritos na mente, que eu não li nada na biblioteca pública com o qual eu não concordei ou não aceitei como verdadeiro e válido? Eu li os materialistas e os idealistas, os utilitaristas e os marxistas, os religiosos e os ateus: como eu poderia aceitar a todos sem fazer uma escolha entre eles quando seus argumentos são tão opostos entre si? Uma impossibilidade lógica mesmo para alguém como eu, que não sou treinado em argumentações. Mas esses senhores, com tantos títulos e diplomas que não conseguem escrever o nome em apenas uma linha, imaginam que uma contradição palmar é invisível a qualquer um que não tenha uma tal sopa de letrinhas após o seu nome: não fosse assim, eles poderiam precisar admitir a si mesmos que gastaram suas vidas em exercícios acadêmicos áridos e sem sentido. Acaso Shakespeare tinha algum de seus preciosos títulos, eu pergunto a vocês? Alguém ousaria dizer dele que, sendo um autodidata, não era nem treinado nem capaz de discernir a validade de um argumento? Teria ele sido um escritor maior se tivesse sido William Shakespeare MD, PhD?

E, finalmente, a mais séria de todas as acusações contra mim, a saber, que eu agi conforme meus princípios. Não é difícil imaginar o que esses psiquiatras teriam escrito se eu tivesse agido contra os meus princípios professos, ou sem nenhuma conformidade com princípio algum: que eu era um psicopata sem consciência (embora tal descrição não descreva nada, exceto para a satisfação deles). Contudo, tão hipócrita é o mundo onde eles vivem que eles acham profundamente perturbador quando um homem como eu age conforme seus princípios desafiando as convenções. De fato, torna-se uma questão de patologia para eles.

Suponhamos que eu tivesse agido em conformidade com os ditames da convenção e permitido às minhas quinze (ou vinte e duas) "vítimas" que continuassem vivendo. Como eu poderia ter reconciliado tanta inatividade da minha parte com a minha consciência? Eu não poderia aquietá-la dizendo a mim mesmo que eu estava somente obedecendo à lei: este argumento foi empregado com sucesso em Nuremberg, embora com as inconsistências usuais que caracterizam o comportamento da autoridade constituída. Todo homem deve engendrar para si mesmo o modo como deve agir: ele não pode se esconder por trás de leis, convenções sociais ou ordens de outros. A negação da responsabilidade pessoal leva às mais horríveis consequências, como a história do nosso século mostrou de maneira mais do que clara.

Mas a lei que eu infringi, você protesta, é uma boa lei, uma lei necessária para a devida ordenação da sociedade. De resto, é um dos Dez Mandamentos (o sexto, com efeito, sendo encontrado em Êxodo 20,1): Não matarás.

E, com esse argumento, você assume que a questão está agora resolvida: eu sou culpado e, portanto, devo ser punido com tanto rigor quanto a lei prescreve. Mas a questão *não* está resolvida, longe disso: e eu tenho muito a dizer que desconcertará você, desde que não seja totalmente incapaz de superar aqueles preconceitos que a maioria da humanidade confunde com princípios.

Eu lhe darei a honra de presumir que você não é um pacifista tolstoiano, pois certamente é uma má política não resistir ao mau: na disputa entre a não resistência e o mau, o último sempre emerge vitorioso. E, como eu disse antes, quem quer os meios quer o fim.

Assim, eu devo assumir que você concebeu que a violência, incluindo a que tira a vida, pode ser por vezes justificada. Há algo, afinal de contas, como uma guerra justa. A última conflagração mundial foi precisamente uma guerra desse tipo: e, se eu já vivesse para vê-la, teria me sentido honrado por lutar e também desejoso de sacrificar a minha vida. E, se eu tivesse matado quinze (ou vinte e dois) à época, em vez de hoje, teria sido tomado por um herói antes do que por vilão. Mesmo que eu tivesse matado 22 mil, despejando bombas em cidades alemãs e imolando o inocente junto ao culpado, não teria sido repreendido, nem se esperaria que eu me repreendesse, como um criminoso.

Como, pergunto, uma pessoa é transformada de um cidadão com as obrigações legais normais em um assassino licenciado – um assassino, ademais, que é aclamado em proporção ao número de seres que ele mata? A transformação não pode ser efetuada meramente pelo decreto do governo do país no qual ele por acaso vive, que declara guerra e ordena a ele que mate: pois, nesse caminho, se vai a Nuremberg.

Nem pode ser porque o governo que declara guerra é democraticamente eleito ou é tão popular que encarna a vontade geral do povo. Acaso o governo nazista não satisfazia a esses dois critérios? Ainda assim, se Nuremberg errou, quem pode duvidar que foi de parte da leniência, e porque um terço dos juízes representavam um regime e uma jurisdição tão ensopados de sangue quanto os dos nazistas?

Permanece uma única possibilidade, portanto, para explicar a legitimidade da transformação do cidadão normal em um assassino aprovado: que alguém pode legitimamente se tornar um assassino desse tipo quando, e somente quando, ele julgar que é certo fazer isso. E, sendo esse o caso, pode-se razoavelmente perguntar por que é direito matar somente na guerra, e não em outros tempos: acaso um ato se torna permissível meramente pela sua prevalência à época? O fato de que em tempos de guerra age-se com o imprimátur, por assim dizer, de um governo nem acrescenta nem detrata nada das responsabilidades pessoais de cada um por seus próprios atos, como eu demonstrei. E o fato de que na guerra as nossas "vítimas" são totalmente estrangeiras não pode alterar o caso, a menos que a vida humana deva ser estimada de acordo com seu país de origem, uma perspectiva que a humanidade perdeu há muito, e, após séculos de imolação, rejeitou.

Não, senhoras e senhores, a conclusão é inescapável: pode-se ser um assassino ético. E eu fui um assim.

Capítulo 4

Eu chego agora a outro exemplo da hipocrisia com a qual estamos cercados nesta sociedade, tanto quanto estamos cercados pelo oxigênio na atmosfera, embora fosse necessário um Lavoisier moral para discerni-lo (eu li sobre história das ciências tanto quanto sobre a história política ou social). É esta hipocrisia que deu origem ao excessivo interesse público pelo meu caso ao qual eu já aludi, um excesso tanto mais chocante quando se considera que essa mesma sociedade desconhecia até o momento um terço de minhas fatalidades.

Não deveria o interesse de um homem racional por um tema ser proporcional à importância desse tema? Não será esse um imperativo moral, assim como intelectual? Assim, mesmo que minhas atividades fossem reprováveis em si mesmas (uma hipótese que considero temporariamente somente em prol do argumento, e, portanto, não deve ser tomada como uma admissão de culpabilidade), elas não valiam grande coisa, eram mesmo triviais, contrastadas com os horripilantes eventos ao redor do mundo dos quais nos dão notícia todos os dias do ano, sem falta. Mas esses eventos estão muito distantes, vocês protestam, e não nos afetam de modo algum. Ao que eu replico:

i. A significação moral desses eventos não é proporcional à sua proximidade a nós, ou inversamente proporcional à sua distância.
ii. Nenhum homem é uma ilha (uma citação caolha, talvez, da "*Meditação XVII*", de John Donne, em suas *Devoções sobre Ocasiões Emergentes*, mas, seja como for, apropriada ao meu argumento). Portanto, não envies alguém a procurar onde jaz a culpa: ela jaz em ti.
iii. Vocês não foram, de todo modo, afetados diretamente por minhas atividades.

Mas estou me adiantando. É essencial estabelecer certos pontos importantes, como o fato de que os três primeiros dos meus quinze assassinatos hoje conhecidos da sociedade aconteceram há tanto tempo – mais de vinte anos, de fato – que eu até esqueci os nomes das assim chamadas "vítimas". A polícia está agora fazendo bastante esforço para descobri-las. Mas, com que propósito, pergunto eu? Eu selecionei minhas "vítimas" com algum cuidado, como explicarei no devido tempo, mas, mesmo supondo que eu tivesse cometido alguns erros no processo de seleção, e escolhido pessoas muito estimadas ou mesmo amadas pelos seus parentes, que elucubraram por anos o que aconteceu com elas, certamente não pode servir ao interesse de ninguém que estes três sejam revelados agora. Por que abrir velhas feridas?

Quando eu preveni o detetive que primeiro me interrogou após a desafortunada descoberta dos despojos humanos em meu jardim (se esta é a palavra certa para o mero lencinho de terra detrás da casa geminada cuja aquisição, com meu salário miserável, foi, no passado, a obra da minha vida) que não valia a pena indagar sobre os despojos mais velhos porque os eventos que haviam levado à sua deposição eram agora antigos demais, ele ficou indignado – ou, ao menos, afetou indignação. Eu não deveria ter dito que ele era um homem de sensibilidade profunda ou sagaz: ele tinha aquele tipo de obesidade sólida (comum nos policiais fardados e nos vestidos à paisana, embora não morram de amores um pelo outro, cada um olhando o outro como uma forma inferior de vida), o que é indicativo de grande força em curtos rompantes, tal como a necessária para espancar um suspeito, ao passo que resulta em falta de fôlego, muita sudorese e mesmo um ataque do coração quando da exigência de um esforço por um longo período.

Em geral, no entanto, o investigador adotou aquele tom de razoabilidade doce, mesmo doentia, que pessoas fundamentalmente cruéis, agressivas e cínicas adotam quando estão tentando ser (ou, antes, parecer) gentis. Ele fingia que éramos iguais, engajados em uma excitante viagem de descoberta rumo ao passado, lutando por razões acadêmicas para revelar o que ocorrera. Ele não mencionou a prisão perpétua (na ausência da pena de morte) que ele esperava que fosse minha recompensa por minha cooperação, e me chamou pelo primeiro nome imediatamente ao nos conhecermos, insistindo que eu também o chamasse de Bob.

Quase se podia ouvir o manual de interrogatório da polícia falando através dele. Quando ele ofereceu sanduíches, por exemplo, perguntou de qual recheio eu gostaria.

É este o momento de perguntar quem exatamente foi lesado pelas minhas atividades? É, evidentemente, sobre a questão filosófica, e não a prática, que eu pergunto.

Eu já sugeri que minhas "vítimas" (embora preferisse a palavra *beneficiários*, se o uso de tal palavra nesse contexto não arriscasse alienar tanto os leitores que eles se recusariam a continuar a leitura) não tinham parentes ou amigos para chorar a sua perda. Fiz as minhas pesquisas preliminares de maneira exaustiva: é verdade que uma ou duas "vítimas" talvez tenham parentes ainda vivos, mas as relações com eles eram de tal modo que suas mortes (ou desaparecimentos, como pareceu à época) representavam mais uma causa de celebração do que de pesar. Uma ou duas eram mães de bebês, mas eles eram muito jovens para sofrer. De resto, vindo daquele particular *milieu*, que eu no devido tempo descreverei, os bebês estavam destinados a uma vida de uma miséria tão absoluta que, sendo a prevenção melhor do que a cura, eu extingui as vidas deles também. Não, os parentes das minhas "vítimas" decididamente não sofreram com as suas mortes.

Quem, então, sofreu? O resto da sociedade? Eu provarei que esse estava longe de ser o caso: de fato, o exato oposto é mais próximo da verdade. Por ora, eu peço simplesmente que vocês acreditem em mim, ou antes suspendam a sua descrença, como o filósofo ateniense Aristóteles (384-322 a.C.) disse: pois acaso eu não provei até agora muitas coisas nas quais vocês previamente não teriam acreditado?

Isso deixa somente um candidato para a pessoa ou as pessoas que eu supostamente lesei com minhas atividades: as próprias "vítimas". Sem dúvida, isso é perfeitamente óbvio para aqueles de vocês, meus leitores, que nunca leram qualquer filosofia. Um grande mal, vocês supõem com muita facilidade, deve ser feito a um sujeito pelo seu assassino.

Mas a filosofia é o exame sistemático dos nossos preconceitos irrefletidos. Examinemos, pois, a questão um pouco mais de perto.

Há uma longa tradição de recepcionar a morte como um bem positivo: não diga de nenhum homem que é feliz, disse o legislador Sólon, até que morra – ele é, na melhor das hipóteses, afortunado. (De todo modo, minhas "vítimas" não eram sequer afortunadas.) E Francis Bacon, que conseguiu mais desapego filosófico em seus *Ensaios* do que em suas negociações financeiras escusas, escreveu celebremente sobre o absurdo do medo da morte. "Os homens temem a morte como crianças temem ir ao escuro", disse ele. Não por acaso, senhoras e senhores, eu gastei as noites (e os sábados) de vinte anos da minha vida na biblioteca pública.

Mas não é para os antigos que eu olho para me autojustificar, por mais excelentes que fossem. Eu olho para os modernos: há, afinal de contas, algo como o progresso, mesmo em filosofia.

E é a conclusão unânime de todos os melhores filósofos modernos de que o medo da morte é, na melhor das hipóteses, uma confusão; na pior, uma impossibilidade lógica e, portanto, literalmente sem sentido. Notem, por favor, que eu não estou aqui apelando à autoridade para estabelecer minha conclusão: muito enfaticamente não estou dizendo que algo existe só porque os filósofos geralmente tidos por seus colegas, pelos *cognoscenti* e encomiastas, etc., como os melhores no campo o disseram. Ao contrário, eu os li por conta própria e cheguei à conclusão, por meu próprio raciocínio, de que seus argumentos são conclusivos.

E o que eles, e eu, temos a dizer sobre o medo da morte é isto: assumindo que o Homem não tenha nenhuma alma eterna que sobreviva além de seu fim terreno, a sua morte não passa de esquecimento ou, antes, não ser: a sua consciência é radicalmente extinta. Ora, quando as pessoas dizem que temem a morte, a imagem que têm em suas mentes é a de uma noite longa, na verdade sem fim, da alma. Elas se imaginam enterradas vivas, talvez, frustradas por uma inabilidade de falar ou se comunicar de algum modo com aqueles que amaram. A morte é, para elas, uma privação dos sentidos, mas com uma continuação da consciência. Mas, evidentemente, após a morte não há nenhuma consciência para ser privada da experiência sensível, como tomar café da manhã ou receber uma advertência escrita por uma suposta má conduta no escritório (do tipo que eu recebi várias vezes, embora eu conseguisse com que voltassem atrás, e em duas ocasiões extraí retratações por escrito de meus acusadores, que foram emolduradas e postas sobre a minha mesa). Assim, temer a morte é cair em completa incoerência: você literalmente não sabe do que você está falando, e não faz mais sentido perguntar como é a morte do que perguntar como era antes do nascimento (ou concepção, se vocês preferirem). Não ser não é uma experiência, e, portanto, não pode ser temido.

Mas, vocês objetam, seja a noção incoerente ou não, o medo da morte é quase universal, exceto entre os verdadeiramente suicidas. Não, respondo eu, não é a morte que é temida, mas morrer – o processo em si. Todo mundo conhece pessoas cuja dissolução veio a ocorrer de uma maneira indigna e dolorosa. E, uma vez que a morte é inevitável, é uma consumação a ser devotamente desejada (*Hamlet* de novo) que morramos repentinamente, e quase sem dor, certo?

Com esses incontestáveis argumentos em nossas mentes, voltemo-nos agora ao suposto mal feito às minhas "vítimas". Estar morto não pode ser uma perda para elas, uma vez que não há ninguém que possa ser o sujeito dessa suposta perda. Concordo que o processo de estrangulação foi um mal feito a elas, mas somente um mal muito pequeno porque elas estavam destinadas (tal como estamos todos) a morrer de qualquer jeito. Mesmo que eu as tivesse torturado até a morte, o que eu enfaticamente nego ter feito, dificilmente poderia tê-lo feito por muito tempo, de fato somente por uma insignificante porção de suas vidas (compare isso com as devastações de doenças crônicas). Com efeito, eu as tratei humanamente, mais humanamente do que elas mereciam – como veremos no devido tempo. Eu pus sedativos em suas bebidas, elas dormiram tranquilamente e eu as estrangulei. Elas não provaram nem medo nem sofrimento, e foi uma morte que eu poderia desejar para mim mesmo.

A bem da verdade, eu me considero justamente um benfeitor para elas. A maior parte dessas pessoas eram fumantes inveterados, e ao menos algumas viriam a contrair câncer nos pulmões em algum momento, ou a ter outras doenças debilitantes e dolorosas que são a consequência natural desse hábito repulsivo e antissocial que, incidentalmente (mas não coincidentemente), é universal entre meus colegas detentos. Outras das minhas "vítimas" – refiro-me agora especialmente às mulheres – haviam levado vidas notoriamente promíscuas desde a tenra idade e teriam provavelmente morrido de um dos cânceres associados a tal estilo de vida: outra morte dolorosa e prolongada. Ainda, outros entre as minhas "vítimas" eram bêbados, com seus fígados já podres de tal modo que algum dia vomitariam sangue como uma fonte vermelha escura (a medicina foi outro de meus interesses, e, diferentemente da maioria dos médicos, incluindo o meu, eu li um dos grandes livros – *Cecil-Loeb* – mil setecentas e vinte e três páginas na décima sétima edição, excluindo o índice – de capa a capa). De todas essas mortes terríveis, eu preservei minhas vítimas.

Nosso não ser dura uma eternidade, literalmente uma infinidade de tempo. Portanto, apressá-lo em alguns anos não é aumentar sua duração: o infinito mais o infinito ainda é infinito.

Eu reduzi vocês agora ao argumento do desespero, o tipo de argumento no qual nossos jornais menos cerebrais frequentemente recaem a fim de produzir um agradável frisson de ultraje em seus leitores, ou seja, que eu não só matei minhas "vítimas", mas também "profanei" seus corpos. Eu os esquartejei e os pus sem cerimônia em uma vala comum.

De que outro modo, pergunto a vocês, eu os deveria dispor? Meu jardim, como eu já lhes informei, não era exatamente um latifúndio. Algum desmembramento era inevitável, nas circunstâncias. Eu não tirei qualquer satisfação disso, muito menos euforia ou gratificação sexual: era um trabalho a ser feito, e desagradável por sinal.

Mas isso não é ir ao coração filosófico da questão. De novo eu pergunto: quem foi lesado pela assim chamada "profanação" dos corpos? Eu embotei muitas facas além da possibilidade de recuperar o seu fio, pois o corpo humano é duro (um fato que salvou muitos médicos das consequências de sua própria incompetência), especialmente após a morte; mas ainda que se possa dizer que muitas facas tenham sido lesadas no processo, essa não é uma lesão que conta no sentido moral. Ainda assim, os corpos eram objetos tão inanimados quanto as próprias facas. Já não era possível lesar as pessoas às quais eles antes haviam pertencido, ou seja lá como vocês queiram dizer. E, uma vez que ninguém reclamou os corpos tampouco, uma vez que as minhas "vítimas" foram selecionadas precisamente por sua falta de contato próximo com outras pessoas, eu não danifiquei a propriedade de ninguém. A suposta "profanação" mostra, portanto, sob um exame filosófico, não ser nada mais sério do que uma infração daquilo que vocês consideram bom gosto. Mas de novo, *De gustibus non est disputandum* (não é necessário traduzir, certo?).

Se, portanto, olharmos as minhas ações do ponto de vista puramente racional, pode-se ver que foram totalmente sem efeitos danosos. Eu expliquei tudo isso ao investigador que me interrogou, que ficou totalmente aturdido e incapaz de me responder no plano filosófico, porque ele gastara suas noites no bar jogando conversa fora inconsequentemente com seus camaradas em vez de ir à biblioteca pública.

A muito do que eu disse, ele não replicou uma só palavra, tão indisputável era a sua verdade. Eu o adverti a devotar suas horas de trabalho e todos os talentos de que dispusesse à solução de crimes cujas vítimas (sem a necessidade desta vez de aspas) ainda estivessem vivas e fossem, portanto, capazes de sofrer os efeitos das ofensas cometidas contra elas. Acaso ele não estava ciente, perguntei-lhe, que somente um terço de todos os crimes eram reportados à polícia, e isso porque tão poucos são pegos que o cidadão médio considera que já não vale mais a pena sequer reportar os crimes cometidos contra ele? Em vez de gastar seu tempo comigo, portanto, ele seria mais bem empregado em outra coisa: quer dizer, se ele tivesse qualquer mínima compaixão pelas vítimas reais, as verdadeiras, do crime.

Capítulo 5

Eu me dou conta de que eu me desviei ligeiramente daquilo que eu pretendia dizer.

O interesse exaltado pelo meu *caso* (embora seja difícil para mim, como seria para qualquer um, pensar em mim mesmo como um mero caso), não só neste país, mas também ao redor do mundo, me pareceu excessivo, para dizer o mínimo. Alguns articulistas sugeriram que eu agi como agi especificamente para cortejar a fama, um argumento estúpido se vocês considerarem que eu escondi os resultados materiais de minhas atividades por muitos anos: um fato que outros articulistas, ligeiramente mais perspicazes, tomaram por evidência de minha extrema esperteza, ou "astúcia" como eles desanimadoramente formularam. Não, senhoras e senhores, eu nunca tive fome de fama, e teria me contentado em seguir com meu trabalho para sempre em privado, sem reconhecimento.

"Seu trabalho!", vocês exclamam. Eu explicarei mais adiante no tempo oportuno. Por ora, devo pedir a vocês que tenham um pouco de paciência.

Tão logo os despojos foram descobertos de maneira bastante acidental – o esgoto do meu vizinho alagou e as obras para o reparo se dispersaram pelo meu jardim, sem minha permissão eu me apresso em acrescentar, e estou pensando em processar a companhia de águas –, armou-se todo um circo na Mandela Road (o conselho mudou o seu nome de Waterloo Road apenas um mês antes). Refletores fulguraram pela noite e os vizinhos reclamaram que eles não conseguiam dormir: eles não viam a urgência do trabalho em todo caso, considerando que muitas das "vítimas" haviam sido mortas por décadas e dificilmente seriam ressuscitadas. As escavações seguiram vinte e quatro horas por dia, enquanto na esquina grandes veículos contendo geradores para os holofotes necessários às câmeras de televisão rilhavam continuamente (assim me disseram: eu não estava lá para ouvir). Boletins eram emitidos a cada hora ao longo do dia, lidos à imprensa por uma policial que tentava soar bem instruída, ou ao menos bem comunicativa, mas que tropeçava em palavras compridas, perdia as suas tônicas e as inseria onde não cabiam. A quem ela estava tentando enganar? Todo mundo sabe que a polícia é tosca e desprovida intelectualmente, e o uso de algumas palavras compridas não mudará as coisas.

Os repórteres assediaram o bairro inteiro. Eles montavam guarda fora das casas de meus vizinhos, ou de qualquer um que pensassem que pudesse me conhecer, ainda que de maneira incidental ou insubstancial. Aqueles que não queriam falar com eles (muito poucos, considerando a pobreza do bairro e as adulações que os senhores da imprensa eram capazes de oferecer) eram caçados ao longo da rua sempre que se aventuravam nela. Uns poucos resolutos tentaram escapar às atenções do quarto poder deixando suas casas pelos jardins dos fundos: mas os guardiões públicos da verdade logo sacaram, e se postaram nos fundos das casas, assim como em suas frentes.

Em geral, no entanto, os vizinhos estavam mais do que prontos a colaborar, se necessário com pura ficção. O Sr. Aziz, o dono da loja de esquina ao lado, que até então estivera perfeitamente contente em me aceitar como cliente, falava como se soubesse todo o tempo que eu era um criminoso, e alegou que eu fora um ladrão de lojas (o pior crime que o seu espírito *petit bourgeois* avarento era capaz de conceber) e, também, um assassino múltiplo. Essa foi a mais rançosa ingratidão, uma vez que o volume de negócios da sua miserável lojinha triplicou após a minha prisão, ao menos por um tempo. E, então, um tipo de competição informal emergiu na minha rua, para descobrir – para o benefício dos repórteres – quem discerniria os traços mais repulsivos do meu caráter, e quem os discerniria primeiro e, portanto, de modo mais antecipado. Meus vizinhos pensavam (provavelmente não sem razão) que, quanto mais extremas fossem as suas alegações e supostas memórias, mais bem pagos seriam. Mesmo os seus filhos entraram no jogo (eles eram pagos com chocolates e outras porcarias proletárias), induzidos a alegar que eles sempre costumavam cruzar a rua ao passar em frente à minha casa, por sentirem que havia algo errado com ela, ou melhor, *dentro* dela. E quem pode discutir com a sabedoria intuitiva de uma criança?

Que discernimento, que extraordinária antevisão, toda a vizinhança exibia – estritamente em retrospecto, é claro.

Olhando para trás, todo mundo soube desde o dia em que eu me mudei para o número dezessete que algo estranho estava acontecendo lá. A casa ficava na penumbra demais, as cortinas ficavam fechadas demais, para que tudo estivesse bem. Mas toda a vizinhança também era obtusa demais, e cegada demais pela esperança de ganhos, para se dar conta de que esta intuição alardeada por eles os tornava meus cúmplices, moralmente, quando não legalmente. Pois eles nunca vocalizaram seus pressentimentos, nem uma vez sequer em todos esses anos.

Mas quão avidamente eles reportaram sobre mim, uma vez que era seguro fazê-lo! Eu não suponho que houvesse uma casa no bairro (exceto a minha) que não contivesse um vídeo ou micro-ondas roubado: meus vizinhos estavam todos bastante contentes de receber bens roubados, desde que fosse pelo preço certo. Eles não podiam pendurar as roupas lavadas nos seus quintais dos fundos por medo do roubo pelos vizinhos, e invasões e furtos eram tão frequentes como visitas do carteiro. Por causa da sua desonestidade, eles odiavam e temiam os policiais, que viam como seus opressores. Mas, tão logo eles estavam do lado certo da lei (ao menos uma vez em suas vidas), e tão logo estavam convencidos de que a polícia não estava minimamente interessada nos bens adquiridos da criminalidade em suas casas, cantavam como passarinhos, inventando tudo à medida que avançavam, mas quase chegando a acreditar que suas invenções fossem verdadeiras.

Sim, senhoras e senhores, o Homem nasceu um informante – ou, talvez, eu devesse dizer *desinformante*. Ele adora aterrar seus próximos em problemas profundos, mesmo se precisa contar a mais ultrajante e transparente das mentiras a fim de fazê-lo, e mesmo que sua própria consciência não seja de modo algum clara mesmo antes de ele portar falso testemunho (eu suponho que seja necessário, nesses tempos de ignorância de massa, observar que eu aludo aqui aos Dez Mandamentos, o nono deles para ser exato). O homem, escravo natural que é, gosta mais do que tudo de contar histórias às mesmas autoridades que ele previamente afetou desprezar. Se há uma característica que distingue o Homem dos animais inferiores (mais baixos, quero dizer, em termos intelectuais, não morais) não é o seu discurso, seu andar ereto, sua habilidade de opor seu polegar ao indicador, sua suposta racionalidade ou o fato de usar ferramentas, mas seu ardente desejo secreto de atuar como policial secreto.

Assim, o mundo foi brindado por um tempo com o gratificante espetáculo do ultraje moral de pessoas que batiam em suas mulheres regularmente, negligenciavam seus filhos, não só cobiçavam, mas roubavam os bens dos seus vizinhos, bebiam em excesso, trapaceavam a Seguridade Social, furtavam lojas e tinham orgulho disso, recusavam-se a trabalhar, como uma questão do mais alto princípio, e, em geral, se comportavam sem a menor preocupação com o bem-estar ou os interesses dos outros. E os repórteres se comportavam em relação a eles – confessadamente sem sinceridade, mas com o seu olho firmemente fixado como sempre na melhor chance – como se todos fossem Daniéis chegando ao julgamento (como Antônio diz de Portia no *Mercador de Veneza*, Ato 4, Cena 1, uma obra-prima falha em minha opinião, uma vez que Shylock é claramente a parte injustiçada na peça, e merece mais exoneração do que castigo).

Eu sinto que estou começando a digressionar de novo: falava de um interesse excessivo em meu caso e o que isso significou.

Ora, eu entendo que um homem racional e moral se interessa pelos temas de acordo com a sua intrínseca importância. Imergir-se a si mesmo em trivialidades não é somente fraqueza intelectual, mas também moral. Assim, qual importância transcendente tinha o meu caso para que viesse a desviar a mente dos homens de outros temas de interesse público por várias semanas, de fato meses?

A resposta é: nenhuma.

Deixem-me brevemente relembrá-los do tipo de mundo no qual temos a honra de viver. No momento em que vocês terminarem de ler esta página, dez crianças terão morrido pelo mundo de doenças fáceis de prevenir ou tratar. No momento em que vocês tiverem terminado de ler tudo o que eu tenho a dizer, mil crianças terão morrido dessa maneira – enquanto vocês, com a suas ternas assim chamadas consciências, terão mastigado distraidamente mais calorias e outros nutrientes na forma de amendoins ou chocolates (pois quem pode se sentar por muito tempo nesses dias sem comer?) do que essas crianças teriam consumido em uma semana (caso tivessem sobrevivido). O custo total para salvar essas vidas teria sido negligenciável: menos, de longe, do que a seus aparelhos de DVD, por exemplo. Mas, quando vocês compraram estes aparelhos, vocês chegaram a dedicar algo como um momento a pensar nas mil vidas que poderiam ter sido salvas se vocês tivessem gastado o seu dinheiro de outro modo? Uma visita a qualquer loja que venda tais bens pode solucionar esta questão além de toda a dúvida: é o crédito sem juros que anima a alma do homem moderno, e não o destino das crianças do mundo.

A ignorância desses fatos é algo que vocês não podem alegar, a menos que sejam cegos e surdos e, de quebra, retardados mentais. A informação sobre o estado do mundo é literalmente inescapável hoje. Se vocês não sabem sobre a última epidemia na América do Sul, a última fome na África, o último terremoto na Ásia Central, ou a última guerra civil em qualquer lugar do mundo, é porque vocês escolhem se manter na ignorância. E, gostem vocês ou não, se vocês fizeram menos do que o que estava em seu poder para salvar a vida de todas essas pessoas que morreram em uma qualquer das modalidades mencionadas, vocês são responsáveis por suas mortes como se tivessem enterrado uma faca obsidiana em seus peitos e arrancado os seus corações palpitantes (eu cito, confessadamente de memória, *A Conquista do México*, [History of the Conquest of Mexico] de Prescott).

Esta é a última e irrefutável conclusão da filosofia: que não há diferença moral entre um ato e uma omissão em que os resultados deletérios do ato ou da omissão são inteiramente previsíveis. Faz de nós todos assassinos, senhoras e senhores – e em uma escala industrial, quase se pode dizer.

Sem dúvida, a indesejada e inusitada ruptura que eu causei em sua complacência levou vocês a esta altura a atirarem meu livro pela janela, figurativamente senão de modo perfeitamente literal. Vocês estão bravos, com aquela raiva totalmente desfrutável à qual o moralista está tão prepotentemente pronto. Que disparate, vocês exclamam, que este homem venha nos acusar de não sermos melhores do que ele, e possivelmente até mesmo piores! Acaso nós, depois de tudo, fomos julgados culpados em quinze acusações de assassinato sem circunstâncias atenuantes?

Legalmente, eu lhes dou razão, pode haver uma diferença entre nós; mas, moralmente falando (o plano no qual eu estou me movendo nesta breve obra), a diferença entre nós não está de modo algum a seu favor. Pois o que é a lei senão a institucionalização da hipocrisia da sociedade, apoiada pela força?

Examinemos mais uma vez a questão um pouco mais de perto. A distinção entre nós sobre a qual vocês se pavoneiam é a seguinte: enquanto eu matei com a minha ação, vocês mataram e matam com a sua mera omissão. Vocês imaginam que essa diferença seja de uma significação moral vital; porém, como eu disse, não somente eu, mas todos os filósofos modernos dignos de nota disputam e refutam isso.

Os médicos, por exemplo, há muito permitem que os seus pacientes morram de pneumonia caso se possa esperar que eles, recuperando-se após o tratamento, venham a levar uma vida de puro sofrimento e mais miséria; e tais médicos são aplaudidos por sua humanidade e sabedoria. Contudo, esses mesmos médicos erguem as mãos com horror ao mero pensamento de intervir ativamente para buscar a morte dos seus pacientes, sua feliz libertação do sofrimento inútil, pela injeção de potássio por exemplo. Eles citam, como a causa do seu horror à mesma ideia de matar, exatamente a mesma sacralidade da vida de que se esquecem completamente no caso do velho hemiplégico ou demente que deixaram morrer de pneumonia. Não é a vida, portanto, que é sacrossanta, mas a vida que compartilha certas qualidades, a falta das quais rende esta vida na melhor das hipóteses sem sentido; na pior, nociva para si e os outros.

Esta é uma verdade admitida por qualquer um que tenha alguma sensibilidade filosófica ou moral.

Pois bem, o médico que não entrega ao acaso a libertação de seus pacientes (e de seus parentes) de um sofrimento insuportável, mas que intervém diretamente, não só reduz a soma de sofrimento no mundo, mas também acresce à soma de justiça. Pois pode ser justo que uma pessoa venha a sofrer anos de dor e miséria por causa de certa condição médica incurável, enquanto outra com exatamente a mesma condição médica escapa àquele sofrimento simplesmente porque calhou de contrair pneumonia no curso dela – e tudo isso quando o remédio está ao alcance da mão, mas não é usado simplesmente por causa de certo fastio hipócrita e autocentrado por parte do médico?

O médico que pratica ativamente a eutanásia é, assim, moralmente superior em relação àquele que deixa seus pacientes morrerem ao capricho cruel da natureza, e o último comete um erro fatal (sem trocadilhos, seria fora de lugar) se ele imagina que sua relutância em aplicar o *coup de grace* é um ponto a seu favor. Ao contrário, ele é um covarde, nada mais.

A este ponto deve estar claro, mesmo para aqueles de vocês menos alertas intelectualmente, aonde vai meu argumento. Eu sou moralmente superior a vocês porque, como o médico que pratica a eutanásia, eu não mato ao acaso: eu escolho quem deve morrer pelas minhas próprias mãos, de acordo com critérios racionais e humanos. Seus atos de omissão, ao contrário, responsáveis por uma quantidade vastamente maior de mortes do que a que eu jamais aspirei levar a cabo, atingem o justo e o injusto igualmente: vocês matam como o louco que entra num supermercado e massacra os clientes até que ele seja subjugado ou mesmo executado.

Mas, vocês objetarão, felizes por terem finalmente encontrado um argumento para refutar um dos meus, você é tão culpado quanto nós pelos atos de omissão que você nos reprova, em acréscimo dos quais você eliminou as vidas de quinze outros (ou vinte e dois, dependendo de como se vê a coisa). Portanto, tendo sido responsável por mais mortes do que nós, você merece a condenação à punição à qual foi submetido.

Eu gosto de uma boa discussão e, como os psiquiatras disseram, ao menos uma vez sem errar o alvo (eles falam tanto que, pelas leis do acaso, algo do que eles dizem deve ser verdade), eu gosto de vencer. Vitórias fáceis, no entanto, não me agradam ou me interessam muito. É a competição intelectual que me atrai. Portanto, enquanto eu aplaudo a sua tentativa de me refutar, a honestidade me obriga a protestar diante da extrema fragilidade do seu argumento, que partilha do erro empírico e do lógico em igual medida.

Mas suponhamos pelo momento que uma parte do que você diz seja acurada: que, além de eu ter causado tantas mortes quanto vocês pela minha omissão, causei quinze (ou vinte e duas) mortes pela minha ação. Acaso isso prova que eu mereço ser encarcerado pelo resto da minha vida sem jamais ser solto?

De modo algum. Pois o fato é que nossos atos mútuos de omissão – a mutualidade esta pelo momento meramente aceita por hipótese, fique registrado – causaram tantas mortes, chegando às milhares senão dezenas de milhares pelo tempo de uma vida, que a adição de meras quinze (não, deixe-me fortalecer o seu argumento ao máximo, deixe-me dizer a adição de meras vinte e duas) mortes não pode pesar significativamente na balança. Pois, se acaso eu perguntasse qual homem é pior, o homem que foi responsável em sua vida pelas mortes de 10.739 pessoas, ou aquele responsável por 10.761, vocês me olhariam com perplexidade e, sem dúvida, concluiriam que qualquer um que perguntasse tal questão é ele mesmo moralmente perverso. É óbvio, vocês dirão, tão logo recuperados da estranheza dessa pergunta, que não há e não pode haver nada a escolher entre eles, e que, ao contrário, fazer tais distinções vigaristas significa corroborar psicologicamente ao menos um dos perpetradores ("Ao menos", o primeiro será capaz de dizer do último, "eu não sou tão ruim quanto ele") e ignorar completamente a monstruosidade da situação como um todo. Acaso Auschwitz foi pior – moralmente pior, digo, não empiricamente pior – do que Treblinka?

Contudo, em todo caso, eu não lhes concedo sequer a premissa inicial do seu argumento, que os seus e os meus atos de omissão são de todo modo comparáveis. Vocês que leem isso estão provavelmente em uma situação muito mais confortável do que eu jamais estive: e, assim, aliviar a fome de milhões de famintos e curar a quantidade igualmente grande de doentes de suas doenças eminentemente curáveis estavam muito mais em seu poder do que jamais estiveram no meu. Pois quanto eu poderei ter ganhado como um funcionário subalterno num governo local, tendo a minha promoção negada por uma combinação de preconceito contra a minha pequena estatura e meu ganido suburbano, e um desgosto tipicamente burocrático por meus hábitos de pensamento independente, minha recusa a andar na linha e meu criticismo devastadoramente irônico das circulares semiletradas que caiam sobre nós regularmente a partir de cima? Eu ganhava uma merreca, nada mais.

Eu vejo um sorriso de escárnio espalhado no seu rosto. Você, que tem ao seu dispor maiores somas de dinheiro para luxos do que eu jamais tive para necessidades! (Em geral, e do ponto de vista literário, eu desprezo pontos de exclamação, mas creio que a frase precedente merece um.) Em resumo, você me acusa da falácia do apelo especial, embora nada possa estar mais longe da verdade.

Eu nunca recebi mais do que mil libras por mês pelo meu trabalho no Departamento de Habitação, e com frequência menos. Disso eu gastava um terço com comida e energia elétrica, mais um terço para pagar as prestações da minha hipoteca, e mais que um oitavo na manutenção do meu carro, o veículo em circulação mais barato possível. Isso me deixava com menos do que duzentas libras por mês para todo o resto: roupas, feriados, entretenimento, mobília e as economias para a minha aposentadoria. Não é exatamente uma vida de opulência, eu creio que vocês são forçados a admitir.

Em que eu poderia ter economizado para fazer doações de caridade? Eu não comia de maneira extravagante, embora admita que uma dieta vegana equilibrada envolva gastos nos quais não incorrem aqueles que praticam dietas menos éticas. Eu precisava considerar o bem-estar de animais de fazendas industriais, no entanto, como já mencionei, eu não sou um homem que está disposto a ceder em questões de princípios.

Mas você precisa realmente de um carro, vocês perguntarão? A sua pergunta demonstra que vocês nunca dependeram do transporte público para a sua mobilidade. Nesta sociedade, organizada como está puramente para a conveniência dos ricos, uma pessoa sem um carro não é nada, de fato é olhada com suspeita, quase como um criminoso. Não ter um carro é considerado um fracasso moral, um pouco como a falta de higiene ou a embriaguez. Ah sim, eu *poderia* ter vivido (eu suponho) sem um carro, se eu tivesse me resignado a considerar minha casa uma prisão, sem nunca sair em momentos convenientes para mim mesmo, desenvolvendo lentamente a agorafobia que aflige tantas das donas de casa ao meu redor. Pois a agorafobia começa como um hábito e termina como uma doença.

Pois bem, continuam vocês, havia sempre a sua hipoteca. Acaso um homem na sua posição precisa comprar sua própria casa, em vez de alugar uma? Sim, mais do que qualquer outro tipo de homem, com efeito. Não havia ninguém de quem eu viria eventualmente a herdar uma casa ou o seu equivalente em dinheiro vivo: ao contrário, eu herdarei da minha mãe somente as despesas do funeral. Abandonar-se à misericórdia do Departamento de Habitação (como eu mais do que ninguém estou em posição de saber) é como buscar conforto em uma câmara de tortura, além de o Departamento não dispor de acomodações de um padrão apropriado às necessidades de alguém como eu. Quanto aos locadores privados, são todos sanguessugas, rapinando sem misericórdia os desafortunados que não têm nenhum lugar para chamar de seu.

Não, senhoras e senhores, minha hipoteca não era tanto uma extravagância, mas uma forma elementar de autodefesa, uma pura necessidade.

Seja lá de qual ângulo vocês olhem, eu tinha pouco dinheiro para poupar, diferentemente daqueles entre vocês com seus tapetes persas, obras de arte e outras bugigangas e quinquilharias. Era para vocês – os ricos sem coração – e não para mim ser trancafiado como assassino em massa (eu ponderei aqui longa e duramente se eu deveria escrever *eu* ou *mim*, e decidi finalmente pelo *mim* porque ele dá um efeito mais natural e espontâneo, embora eu saiba que o *eu* é gramaticalmente correto. Eu não desejo, contudo, ser dispensado como um mero autodidata pedante). Se eu tivesse recebido o que era devido pelo Departamento, ou mesmo metade do que era devido, no lugar do imenso e superfaturado pagamento de jogadores de futebol que quase não conseguem costurar palavras suficientes juntas para formar uma sentença coerente, ou do que o homem de negócios filistino cujo credo é a ganância, talvez as coisas tivessem sido diferentes, e eu viesse a ser culpado como vocês de atos de omissão assassinos: tal como foram as coisas, contudo, foram vocês, não eu, quem foram (e ainda são) culpados por eles. E, ao repartir a responsabilidade moral, é necessário se ater aos fatos, não promiscuamente inventar meros "e se...".

A conclusão inescapável, portanto, é que vocês têm mais sangue em suas mãos do que eu. Suas justas indignações estão aí reveladas como um blefe. Nenhum montante de protestação de sua parte lavará o sangue: as suas mãos estão mais indelevelmente manchadas de sangue do que as de Lady Macbeth (*Macbeth*, Ato 5, Cena 1).

E eu ainda não terminei minha acusação de sua moralidade seletiva, não, ainda há um longo caminho. Considere por um instante a quantidade de pessoas mortas e torturadas todos os dias ao redor do mundo em guerras e por regimes opressivos ou repressivos. Mas o que temos a ver com isso ou com o problema em questão, vocês exclamam, e por que você traz isso à pauta agora? Acaso você não está tentando desviar a nossa atenção dos crimes horríveis que você mesmo cometeu?

Ao contrário, eu só estou tentando ser moralmente consistente, pois sem consistência não pode haver moralidade. E, desde Sócrates, o melhor método de conseguir consistência foi desmascarar o seu oposto.

A questão, portanto, que eu agora quero fazer a vocês é a seguinte: de onde vocês supõem que vêm os armamentos para conduzir essas guerras e sustentar esses regimes opressivos e repressivos? E a resposta, é claro, é do país no qual vocês (entre outros, admita-se) por acaso vivem, e cujas autoridades foram julgadas capazes de me condenar.

Não podemos evitar isso, vocês dizem. Não somos mercadores de armas; não estamos envolvidos na fabricação de armamentos; somos vendedores de apólices ou de carros, gastroenterologistas, ou outra coisa seja lá o que for. Não temos nada a ver com o comércio de armas.

Ah, mas vocês têm, senhoras e senhores, vocês têm, reconheçam isso ou não. Toda vez que vocês compram ou usam produtos importados (e isso é todo dia ou semana), vocês se beneficiam precisamente desse comércio: pois, se não fosse pela exportação de armas, nossa balança comercial seria pior do que ela já é. E isso, por sua vez, significaria que a nossa moeda se desvalorizaria, talvez ao ponto de os bens importados, aos quais vocês se acostumaram tanto, serem postos além do seu alcance financeiro. Assim, em vez de seguirem sem o seu carro alemão, seu queijo e vinho franceses, seu iogurte grego, seu salame italiano e as suas câmeras e televisões japonesas, vocês fecham seus olhos ao fato evidente de que a sua aquisição somente é possível através de vendas de armas a déspotas que massacram os camponeses do mundo e provocam fome para perseguir seus próprios fins. Ao insistirem nos seus luxos estrangeiros, vocês fazem as câmaras de tortura seguras para a autocracia. Então, mais uma vez, vocês são cúmplices do assassinato: além do mais, assassinato em larga escala. E um cúmplice do assassinato é, moralmente falando, um assassino.

Vocês retrucam, muito naturalmente (pois ninguém se irrita mais do que aqueles que são acusados justamente), que eu fui longe demais com meu argumento. Pois mais uma vez vocês me acusam de viver na mesma sociedade que vocês, e, portanto, de ter me beneficiado na mesma medida que vocês do comércio de armas. Além disso, vocês acrescentam, um homem que vive em uma sociedade de muitos milhões não pode sem dificuldade ser considerado responsável por tudo o que acontece dentro dela, ou é feito em seu nome pelo seu governo. Não há responsabilidade sem poder.

Eu concedo certa plausibilidade superficial aos seus argumentos, senhoras e senhores, embora estes sejam mais meretrícios do que meritórios. Em uma análise mais detida, é claro, eles se dissolvem como a bruma da manhã sob a luz do sol, e desaparecem sem deixar rastros. Pois eu não estou aqui dizendo que vocês são os únicos ou mesmo os maiores responsáveis pela participação apaixonada de seu país nesse comércio iníquo; mas vocês são responsáveis na medida em que se beneficiam disso e não fazem nada para impedir. Eu afirmo somente que vocês têm parte na culpa geral, que, sendo incalculavelmente vasta, deixa para cada indivíduo uma porção tão grande que ele não pode apontar o seu dedo para mim com qualquer autoridade moral que se queira – mesmo que minhas atividades fossem repreensíveis, coisa que eu nego e, no devido momento, provarei.

Não desejo me vangloriar, ou posar como alguém melhor do que eu sou, mas penso que posso alegar com justiça ter feito tudo o que estava em meu limitado poder para dar um basta a toda essa iniquidade comercializada – o comércio de armas. Eu escrevi em inúmeras ocasiões aos Membros do Parlamento e ministros do governo, para protestar contra alguns contratos particularmente egrégios (mas lucrativos) para fornecer armas a déspotas estrangeiros. Apenas duas semanas antes de minha prisão, com efeito, eu escrevi ao Ministro do Desenvolvimento Estrangeiro para declarar minha total oposição, repúdio e desgosto pela venda de vinte e seis jatos de treinamento para o governo da República de Gâmbia. Não posso fazer melhor, creio, do que reproduzir minha carta:

Caro Sr. Jones,

Eu escrevo a você mais uma vez para chamar a sua atenção ao acordo para suprir vinte e seis jatos de treinamento ao governo militar repressivo da República da Gâmbia.

Como você sabe, o governo deste país esteve engajado hoje por mais de uma década em uma guerra de extermínio contra os povos aborígenes que habitam as florestas tropicais remanescentes do país.

O governo da Gâmbia afirma que os jatos serão utilizados somente para fins de treinamento. Mentira! Eles são facilmente adaptáveis para lançar bombas de napalm, de fragmentação, antipessoais e de fósforo, e também para o suporte de foguetes, como você sabe muito bem.

Em todo caso, para qual propósito a Gâmbia precisa treinar pilotos senão para tais atividades? Ela não tem inimigos externos de quem precise se defender.

As garantias dadas pelo governo da Gâmbia com relação ao assim chamado uso pacífico dos treinos não valem, portanto, o papel no qual foram escritas. Em três distintas ocasiões, esse governo rompeu o cessar-fogo com os rebeldes.

Só há uma conclusão possível: que uma licença de exportação para os jatos foi concedida para servir os interesses a) de fabricantes e negociantes de armas e b) de empresas madeireiras internacionais, a favor das quais o genocídio dos aborígenes vem sendo cometido. Ademais, a destruição selvagem das florestas tropicais põe o equilíbrio ecológico de todo o planeta em risco, deteriora a camada de ozônio além de qualquer restauração e leva a um crescimento exponencial na taxa de cânceres de pele fatais.

Aqueles que deixam de se opor a esta cínica venda de armamento sofisticado a um governo brutal e repressivo ou, pior, o apoiam, são culpados acima de qualquer dúvida de a) assassinato por câncer de pele e b) genocídio contra pessoas inocentes e inofensivas. Eles terão cometidos crimes contra a humanidade.

Atenciosamente em indignação,

Graham Underwood

Uma carta poderosa, pela qual me envaideço.

E o que eu recebi de volta? A seguinte, não escrita pelo próprio grande homem, Deus meu não, ele está ocupado demais para atender a meros eleitores como eu, mas por alguém (um jovem rebento de Oxford, sem dúvida, com suas próprias ambições políticas) chamando-se a si mesmo de secretário privado parlamentar de Jones:

Caro Sr. Underwood,

Foi-me solicitado pelo Ministro, V. Exa. Sr. Sopwith Jones MP (Membro do Parlamento), responder em seu nome à sua carta do último dia 7. Ele me pede que arrole os seguintes pontos:

i. Não há evidência de intenção genocida por parte do Governo da Gâmbia com quem o Governo de Sua Majestade goza de excelentes relações políticas, econômicas e diplomáticas.

ii. A competição no campo do suprimento de jatos é feroz, e, se não tivéssemos concordado em supri-los, então um dos nossos quatro competidores com toda certeza o teria feito.

iii. A encomenda representa um impulso considerável às nossas exportações e, portanto, ao nosso balanço de pagamentos, assegurando milhares de empregos para o futuro próximo em uma época de alto desemprego. Cordialmente,

Herbert Robinson
Secretário Privado Parlamentar para S. Exa.
Sr. Sopwith Jones MP

Nem sequer uma desculpa pela demora em responder! (Eu creio que mais um ponto de exclamação é mais do que justificado nessas circunstâncias.) E que "papo pra boi dormir", imaculadamente digitado em um papel creme de grossa gramatura com um timbre verde em relevo, tudo pago pelo contribuinte, quase não preciso acrescentar.

Se nós não os vendermos, outro o fará: que tipo de argumento é esse, do ponto de vista moral? Acaso isso desculpa Topf und Söhne pelos suprimentos de câmaras de gás à SS? Pode um ladrão que rouba uma casa alegar que, se não tivesse sido ele, algum outro a teria roubado, por que esses roubos são tão comuns nos dias de hoje? O que teria respondido o Sr. Sopwith Jones se eu tivesse argumentado com sucesso na corte que, se as minhas "vítimas" não tivessem sido assassinadas por mim, elas teriam de todo modo morrido de um ataque do coração ou de câncer?

Evidentemente, sabemos bem que o Sr. Sopwith Jones teria apoiado as políticas de governo até os portões do inferno e além, se lhe parecesse que isso preservaria o seu posto no Parlamento na próxima eleição. Quanto à assim chamada oposição em nossa assim chamada democracia, ela fala de maneira vociferante de moralidade enquanto está fora do governo, mas, tão logo é eleita, se torna tão amoral ao governo quanto a gestão atual. E esse, senhoras e senhores, é o calibre dos homens que tomam decisões que afetam as vidas e mortes de milhões de pessoas, supostamente em nosso favor.

Escrever ao meu Membro do Parlamento não foi o único método pelo qual eu tentei (sem sucesso, mas a virtude está no esforço) trazer um fim a esta mercancia de meios de morte em massa. Quando o nosso conselho local declarou o distrito uma zona não nuclear (um pequeno passo, mas na direção certa), eu organizei uma assembleia no Departamento de Habitação para pressionar o Conselho a declarar o distrito uma zona sem indústria de armas também. Meu superior no Departamento tentou me repreender por ter organizado a assembleia no horário de expediente: mas eu o combati até o fim, com o regulamento em mãos. Foi uma flagrante tentativa, disse eu, de suprimir a liberdade de expressão e de associação: e eu assinalei que, sob nossos termos e condições de serviço, o quadro de funcionários tem o direito de realizar um número razoável de assembleias que afetem diretamente os seus interesses. E o que poderia ser de maior interesse a ele do que o clima moral do distrito no qual, e pelo qual, ele trabalhava? Meu superior se ressentiu profundamente por minha vitória sobre ele, e vem buscando (ou, melhor, buscou) vingança desde então; mas eu tenho sido (ou fui) esperto demais para ele. Ele nunca conseguiu atingir seu objetivo de me ver demitido.

A moção na assembleia foi aprovada por uma maioria esmagadora, mas o Conselho não fez nada, alegando que de todo modo não havia fábricas de armas no distrito. Contudo, quando eu escrevi ao líder do Conselho para assinalar que também não havia instalações nucleares no distrito, mas que isso não impediu o Conselho de declará-lo uma zona não nuclear, ele escreveu de volta para me dizer (não com tantas palavras, é claro) que isso não era da minha conta: não era da minha conta, sendo eu um mero cidadão e eleitor!

Eu escrevi para os jornais também. No todo, eu tive sete cartas publicadas, de um total de oitenta e seis escritas. E fingimos que a imprensa é livre neste país! Das sete publicadas, seis foram em jornais locais, e somente uma em um jornal nacional, embora a proporção das cartas enviadas para cada um dos veículos tenha sido a inversa. Concordem vocês ou não com minhas ideias, eu creio ter demonstrado suficientemente que eu posso argumentar de modo convincente e coerente. Que os jornais nacionais tenham deixado de publicar minhas cartas – algo que me desorientou no início, especialmente quando eu comparei o que eu havia escrito com o que era publicado nas seções de cartas do leitor, coisas frequentemente triviais e sem consequências. Mas então eu me dei conta de que as cartas eram publicadas não de acordo com o mérito ou o interesse intrínseco dos seus conteúdos, mas sim com quem o editor supunha que o correspondente era. E isso ele adivinhava pelo endereço a partir do qual cada carta era enviada: a menos, é claro, que o correspondente viesse a ser uma figura pública notória, caso em que a publicação era automática, sem referência ao endereço.

Precisei me satisfazer com sucessos ocasionais no *Eastham Evening Telegraph* (incorporando o *Evening*

Messenger) e, mais tarde, com o *Eastham Free Press*, um desses jornais locais constituído majoritariamente por pequenos anúncios enfiados na sua caixa de correspondência queira você ou não. As seções de cartas do leitor dessas publicações, na verdade as publicações em seu todo, estão evidentemente mais preocupadas com assuntos triviais locais do que com grandes questões da ordem do dia, mas deve-se lamentavelmente começar por algum lugar. Ninguém com uma mensagem importante é ouvido de pronto. (O homem mais forte do mundo é o homem que está mais sozinho: Ibsen, *Um Inimigo do Povo*.)

Eu poderia, é claro, lhes dar outros exemplos. Não é só com armas que o Homem mata os outros Homens. Pois não há a menor dúvida de que fumar cigarros é hoje a maior causa de mortes evitáveis entre adultos no mundo. E não deveria ser surpresa para vocês que algumas das maiores companhias de tabaco no mundo sejam de pessoas da própria capital de seu país e sediadas nela.

E daí, perguntam vocês? O que temos a ver com isso?

Bem, senhoras e senhores, as vendas de cigarro têm caído em países onde os efeitos nocivos do tabagismo vêm sendo largamente divulgados (não graças às companhias, é claro, muito pelo contrário). E o que vocês supõem que as companhias de tabaco fizeram para proteger seus lucros, para manter o fluxo de dividendos não somente para os bolsos dos acionistas individuais, mas também para os compradores institucionais de suas ações? Eles tentaram aumentar as vendas de seus cigarros em países onde as autoridades são fracas e pobres demais para resistir às suas propinas, e onde as pessoas são pateticamente suscetíveis a qualquer coisa que lhes dê a impressão de participarem do rico estilo de vida da Europa e dos Estados Unidos.

Ainda assim vocês não veem, é claro, o que tudo isso tem a ver com vocês. Mais uma vez, eu lhes lembro de Pilatos, que se recusou a escolher qual dos prisioneiros palestinos deveria ser solto, com base em que nada daquilo era da sua conta.

Mas respondam-me isto: quem são os acionistas nas companhias de tabaco? Antes de vocês apontarem o dedo para outros, eu lhes responderei: vocês são os acionistas. Mas nós não temos títulos de ações, protestam vocês; não recebemos dividendos. Não diretamente – eu lhes garanto –, mas todos vocês têm fundos de pensão, ou contribuem para planos de pensão, e – como é bem conhecido – estes são os maiores investidores de longe no mercado de ações. E tal é o tamanho da lucratividade das companhias de tabaco que nenhum fundo de pensão poderia se permitir não ter um lote de ações nelas.

Talvez vocês se sintam um pouco menos presunçosos após a minha demonstração, mas a questão realmente importante não diz respeito aos seus sentimentos, mas aos seus atos. Agora que vocês sabem sem qualquer sombra de dúvida que estão investindo no câncer de pulmão, bronquite e doença do coração nos países subdesenvolvidos, o que vocês farão a respeito? Vocês estão dispostos a abandonar a segurança da sua velhice para que os pobres não morram com as doenças dos ricos? Vocês exigirão dos gestores do seu fundo de pensão que eles se despojem do fundo de ações cujo valor cresce na proporção dos números de mortes causadas?

Não é só das companhias de tabaco que estou falando, contudo, é todo o sistema iníquo pelo qual a indústria farmacêutica, por exemplo, lucra com o sofrimento, e exporta aos outros países medicamentos considerados perigosos demais para serem comercializados em seus países de origem; e a indústria de comida que deliberadamente cria um gosto para suas queridas porcarias sem nenhum valor nutricional nos países nos quais as pessoas não têm dinheiro suficiente para se alimentar adequadamente. Tampouco devem ser excluídas as companhias petrolíferas, que estão destruindo as florestas remanescentes do mundo, só para que vocês possam realizar viagens baratas (mas sem sentido) entre A e B, destruindo nesse processo não somente povos e culturas inteiras, mas também espécies inteiras de animais e plantas. (Espécies, com efeito, estão morrendo na taxa de uma ao dia.)

Se as ações de todas essas companhias e indústrias mercadoras da morte fossem excluídas das carteiras dos fundos de pensão, não sobraria nada; mas eu não creio que eu esteja errado ao presumir que vocês não fizeram nada para protestar contra esta iniquidade global, sendo a sua segurança mais importante para vocês do que a sobrevivência do planeta e de sua biosfera. Eu, contudo, comprei uma única ação em muitas dessas companhias para embaraçar seus presidentes na assembleia geral anual perguntando-lhes questões difíceis. A raiva deles ao responder era prova mais do que suficiente de sua culpa.

Assim, creio que vocês admitirão que eu fiz tudo dentro de meu poder desafortunadamente limitado para trazer um fim à cumplicidade de nosso país nesse massacre indiscriminado. Eu peço agora que vocês olhem dentro de seus próprios corações e se perguntem se podem dizer o mesmo a seu respeito: vocês com suas conexões com os poderosos, com o seu dinheiro e o seu lazer. E se a resposta for não, quem de nós é a parte culpada?

Eu já mencionei meu desdém por psiquiatras, uma raça mestiça, se é que houve alguma – que se arrogam à categoria de cientistas e, ainda assim, humanistas ao mesmo tempo, quando na verdade são bisbilhoteiros oficialmente credenciados e muito bem pagos. Mas um entre eles escreveu certa vez algo verdadeiro e importante (embora tenha sido naturalmente menosprezado em razão disso pelos seus colegas de profissão, que conspiraram para arruinar sua carreira, tolhendo-lhe o direito de clinicar). Refiro-me a R.D. Laing, que escreveu: "Somos todos assassinos e prostitutas – independentemente da cultura, da sociedade, da classe ou da nação a qual alguém pertença, independentemente de quão normal, moral ou maduro alguém creia ser."

A verdade sem verniz, senhoras e senhores, gostem vocês ou não. Mas ao menos eu tentei, consistentemente e sem fracasso, escapar a essa condição. Vocês podem dizer o mesmo? E, se não, não deveríamos trocar de lugar?

Capítulo 6

Mas eu ainda sinto que não disse exatamente o que me propus a dizer (já que suas objeções obstruíram o fluxo de meu argumento). Eu pretendia responder definitivamente à questão de por que meu caso deveria ter despertado tanto interesse ao redor do mundo.

Primeiro, é claro, eu precisava estabelecer, acima de qualquer dúvida, a insignificância estatística do que eu fiz, em comparação a tantas outras ações e omissões do Século XX. Pois, sem esta clara demonstração, meu desconcerto com minha própria notoriedade pode ter parecido estranho e mesmo patológico a vocês, tendo sido educado, como vocês, em uma sociedade de consumo, para não olhar por trás das aparências. Não, para vocês e para a maioria da humanidade, tudo o que brilha é realmente ouro; por um processo de raciocínio logicamente carente, vocês e ela (a maioria) acreditam que o contrário também é verdadeiro, ou seja, que tudo o que não brilha é escória sem valor. Esta lei, se posso chamá-la assim, vale em todas as esferas, mas particularmente na moral. Vocês esperam que seus heróis e seus vilões sejam visível e obviamente tais; muitas vezes, eu notei pessoas sondando intensamente meu rosto como que esperando perceber ali a marca de Caim (Gênesis 4,15).

Em segundo lugar, ao provar que vocês são responsáveis por muito mais mortes do que eu, desvelei um motivo convincente para o seu interesse obsessivo no meu caso: um desejo de esconder a sua própria culpa projetando-a (como os freudianos dizem em sua própria linguagem obscurantista) sobre mim.

Mas mesmo isso, eu me arrisco a sugerir, não explica adequadamente por que nove autores que chegaram ao meu conhecimento (o qual pode, neste momento, ser incompleto) receberam encomendas de editores para escrever livros sobre mim e minha vida, que até então esteve na mais completa obscuridade, sem particular interesse sequer para mim. Editores, afinal de contas, não são filantropos, e não teriam assinado tais contratos a menos que pensassem que fosse lucrativo fazê-lo; e acaso eu preciso observar que os lucros dos editores derivam das vendas de seus livros para o público? Um estúdio de cinema também está interessado na minha história.

Não, senhoras e senhores, ao responder à pergunta de por que minhas atividades despertaram tanto interesse e em tantas pessoas, estamos inevitavelmente lidando com a psicologia humana equivalente ao lado oculto da lua, e não com questões tão transparentes a ponto de não exigirem análise ou elucidação.

Permitam-me primeiro sugerir que eu não sou de modo algum o que se conhece como um assassino comum. Isso não significa dizer que não se pode aprender nada pelo estudo do último: e, de fato, dado que a sociedade insistiu em me classificar nesta categoria, mas descrito com grandiloquência, e, dado que aquilo que estamos investigando agora é a mentalidade da sociedade, algumas observações sobre os assassinos comuns talvez não sejam totalmente impertinentes.

Vocês não se surpreenderão ao ouvir que a esta altura eu já encontrei muitos desses espécimes em minhas peregrinações através do gulag inglês. Cada um deles gasta os seus primeiros poucos dias de cárcere na enfermaria da prisão, como se o assassinato fosse uma doença, e não um ato natural que sobreviveu a todas as tentativas de supressão por eras a fio, e que deve, portanto, ser considerado uma parte perfeitamente normal e universal do comportamento humano. (E o que é normal, pergunto, deveria ser passível de punição?) A razão pela qual assassinos são tratados assim em sua chegada à prisão, no entanto, é que se pensa que eles são suscetíveis ao suicídio, um evento que causaria muito constrangimento às autoridades da prisão, graças à eterna vigilância da nossa imprensa, que está constantemente em alerta por qualquer oportunidade de causar confusão sem sentido e, assim, aumentar a circulação, ainda que o suicídio de um assassino viesse a poupar ao contribuinte muitos gastos a longo (e mesmo a curto) prazo. E se há uma coisa que os guardas detestam mais do que um prisioneiro vivo é um morto: não por causa de um sentimento humanitário qualquer, mas por todos os formulários que eles precisam preencher após a morte de um detento. (A maioria dos guardas, eu notei, põe a língua para fora no esforço de escrever à mão.)

Em sua chegada à prisão, portanto, um assassino (ou *suspeito* de assassinato, de acordo com a pretensão hipócrita de que um homem é inocente até que se prove o contrário) é despojado até mesmo das roupas normais da prisão e vestido com calções e camisetas de tecido grosso e manufaturado, da cor de fezes moles. Ele é alojado em uma cela completamente carente de mobiliário ou quaisquer outros possíveis acessórios ao suicídio. E lá ele é deixado para mofar por uns dias até que, desesperando-se em relação à alternativa, concorde em seguir vivendo.

Esse ritual, levado a cabo em nome da humanidade – ou seja, o bem-estar do assassino – tem como verdadeiro propósito determinar quem será o senhor, só isso. Na prisão, um homem não é o dono de sua própria vida: o que compreende outra razão pela qual os guardas detestam um suicídio – no que lhes diz respeito, é uma espécie de roubo.

Quão sórdidos, descomplicados e carentes de conteúdo filosófico são os motivos do assassino comum, mesmo quando, por mera formalidade, ele nega a sua culpa! É absurdo e grosseiramente injusto me enquadrar na mesma categoria. No dia mesmo em que eu fui detido e levado à prisão, por exemplo, um médico acusado de assassinar sua esposa estava entre meus colegas encaminhados à instituição, ou "calouros na Universidade do Crime", como um carcereiro jocosamente definiu, imaginando que estava sendo ao mesmo tempo espirituoso e erudito.

A mulher do médico morrera de uma injeção nas veias de seu braço direito. Do fato de que, em vida, ela era destra, mesmo nosso nada dotado oficial de polícia foi capaz de deduzir que algo suspeito ocorrera. E, com um médico em casa, a busca de um suspeito não foi muito longa.

Eu ganhei intimidade com o médico, que, até a sua detenção, fora a epítome da prosperidade complacente e esnobe. Ele estava feliz com a oportunidade de falar com alguém de inteligência e cultura, uma vez que seu período na solitária acabara, mas ele era um perfeito monstro de egocentrismo, precisamente o que eu esperava de um homem de sua classe e posição social precipitado em tempos difíceis. Ele só falava de si mesmo, e não demonstrava qualquer interesse nem em mim nem no meu caso. Ele me disse que a polícia era absurda, incompetente, incapaz de detectar as mais óbvias contradições em sua assim chamada prova contra ele, que seu advogado lhe havia dito que após a sua soltura, a qual ocorreria o mais tardar dentro de duas semanas, não havendo razões para se instaurar um processo, ele entraria com uma ação por detenção e encarceramento ilegal, uma vez que todos deveriam ter se dado conta de que não poderia haver um motivo para que ele matasse sua esposa – especialmente quando ele tinha tanto a perder fazendo-o, uma vez que ele era o representante local da Associação Médica Britânica, entre outros cargos importantes.

Esse médico, o rebento da assim chamada profissão autorregulada e ética da medicina, também me informou que a sua esposa havia recém-descoberto que ele vinha tendo um caso com a sua recepcionista, vinte anos mais nova. Ela o ameaçara imediatamente com um processo de divórcio, a menos que ele imediata e incondicionalmente cessasse todo contato com a recepcionista, e, finalmente, que a despedisse e prometesse nunca mais sequer pensar nela de novo. O pobre idiota pensava que ele estava apaixonado por ela, pior, que ela estava apaixonada por ele: assim ele disse à sua esposa que, embora ele ainda a amasse, era de um modo diferente do modo como amava a recepcionista. Nunca houve um caso mais claro de querer uma omelete sem quebrar os ovos.

A sua esposa, é claro, não quis saber de nada disso, e entrou com o processo de divórcio. Em razão das leis do divórcio, ele se viu diante da perspectiva não só de repartir metade de suas posses, mas também de sustentar boa parte dos gastos dela pelo resto dos seus dias. Isso era mais do que ele podia suportar: sua casa, ele me disse, era uma mansão elisabetana, com três acres de jardins, e não era difícil imaginar o que significaria para ele trocá-la por uma casa ordinária (ainda assim, cem vezes melhor e mais confortável do que a minha). Ufanando-se com seu conhecimento técnico de venenos, por meio do qual supunha se evadir da lei, ele a matou, embora fosse tão ingênuo e carente de técnicas elementares (ou, talvez, tivesse ficado tão excessivamente entusiasmado por sua tarefa) que ele dificilmente poderia ter deixado a sua culpa mais patente do que se tivesse ele mesmo telefonado à polícia e confessado no ato.

Aqui, simbolicamente, vocês veem representada a injustiça da nossa sociedade. Eu não tinha nenhum diploma universitário, nem sequer um certificado escolar, e, portanto, nunca fui capaz de me elevar acima do nível do humilde funcionário: sempre que eu requeria algo melhor, a primeira pergunta era "Onde estão as suas qualificações?". Minhas habilidades naturais não contavam para nada. Ao passo que este homem, este médico, que saltara sobre cem obstáculos escolásticos e que poderia ter usado seus diplomas como papel de parede se pusesse isso na cabeça, vivia num luxo com o qual não teria sentido para mim sequer sonhar. Ainda assim, ele foi pego de imediato, em vinte e quatro horas, enquanto eu fui pego somente após vinte e quatro anos (arredondando ligeiramente os números por efeito retórico), após vinte e dois casos, sete dos quais ainda estão para ser elucidados e talvez jamais o sejam; e pego, além de tudo, somente pelo mais desafortunado dos acasos. Qual de nós, eu lhes pergunto, senhoras e senhores, exibiu mais talento natural, mais inteligência, e qual de nós, em uma genuína meritocracia, teria subido mais alto na escala social? Mas, é claro, nós não vivemos em uma meritocracia.

É bem verdade que o médico passou por uma fase suicida, como todos os outros assassinos que eu conheço. Os ingênuos entre vocês – quer dizer, a vasta maioria – talvez suponham que esta fase teve algo a ver com remorso, e toda aquela baboseira do tipo Raskólnikov. (Aqui, creio, eu combinei engenhosamente duas referências literárias discrepantes e as fundi em um todo convincente: *O Apanhador no Campo de Centeio*, de J.D. Salinger, e *Crime e Castigo*, de Dostoiévski. Sem querer bancar o metido, eu lhes pergunto: vocês acham que um homem com capacidades ordinárias teria combinado tais capacidades de tal maneira? Não é um desperdício social que tal homem deva ser condenado a elanguescer na prisão, e que similarmente tenha sido condenado a elanguescer nos patamares inferiores da burocracia governamental local? Esta, senhoras e senhores, é a sociedade na qual nós vivemos.) Não, não é remorso o que leva um homem como o uxoricida médico a considerar a morte: a sua própria, dessa vez. É a aflição e a amargura ante a consciência de tudo aquilo que ele perdeu, e jamais terá de novo: riqueza, posição social e assim por diante. Ele está de luto por sua vida – desta vez eu adapto Tchékhov, ironicamente neste contexto. (Minha adaptação é a resposta que Masha dá em *A Gaivota*, Ato 1, para a pergunta de Medvedenko sobre o porquê de ela sempre vestir preto.)

    A fase suicida logo passa, a menos que haja uma razão especial pela qual isso não devesse acontecer: e então se torna a fase pseudossuicida. O propósito dessa fase é manter o assassino na enfermaria da prisão o maior tempo possível, porque é mais confortável lá do que no resto da prisão. Há uma mesa de sinuca, e a televisão está ligada todo o tempo: doce como o lar, de fato. E alguns prisioneiros usam a enfermaria como um refúgio de outros prisioneiros. Eu conheci um rapaz acusado de um assassinato do qual ele era genuinamente inocente (embora ele não fosse inocente *tout court*, é claro – eu deveria explicar talvez que eu não me oponho ao uso de fórmulas estrangeiras quando são usadas não para exibir erudição, mas para exprimir algo para o qual não há o equivalente em inglês). O rapaz vivera toda a sua vida em um ambiente criminoso e fora por um tempo receptador de bens furtados (o único trabalho que jamais tivera), razão pela qual já havia cumprido diversas sentenças curtas. Certo dia, ele recebeu uma entrega de uma consignação de seus fornecedores usuais de bens furtados, embrulhada em um grosso sacolão plástico que pediram para vigiar por algum tempo, até que eles viessem buscá-lo de novo. Então a polícia chegou: a consignação era um corpo e ele caíra em uma verdadeira e bem montada armação. O rapaz sabia com quem estava lidando: quer dizer, ele sabia que era melhor não contar à polícia a verdade sobre o corpo, pois os assassinos não hesitariam em matar de novo, usando o mesmo método para se livrar dele. Era mais seguro para ele admitir o crime que jamais cometera.

Desfortunadamente para ele, o homem assassinado pertencera a uma gangue que era a rival daquela que o matara. Um de seus membros já estava na prisão, e acreditava que o rapaz acusado do assassinato estava completamente envolvido no assassinato de seu colega. Um espancamento pesado foi facilmente arranjado: mas um assassinato de vingança tomaria um pouco mais de tempo para ser organizado, embora fosse inevitável mais cedo ou mais tarde. Uma submersão nos tanques em ebulição nas cozinhas da prisão, onde muitos prisioneiros trabalhavam, ou um talho na garanta com uma navalha feita com materiais da prisão, ou mesmo um enforcamento: tudo podia ser arranjado a longo prazo. O rapaz vivia com medo, assustado com a própria sombra, embora estivesse relativamente a salvo na ala hospitalar.

Mas só relativamente, vejam vocês: um sicário poderia facilmente armar sua internação na enfermaria, blefando diante do médico cujo único interesse na sobrevivência ou na morte de seus pacientes era burocrático (seria mais problemático se ele morresse), e matá-lo ali. Assim, ele contemplava cada nova chegada à enfermaria com apreensão: seria este o seu carrasco? E ele sabia que teria de viver com medo por todo o resto dos seus dias. Criminosos, senhoras e senhores, são exatamente como vocês: eles têm memória curta para o mal que causam, mas longa para o mal que imaginam que será feito a eles.

Não obstante, a ala hospitalar era a melhor chance de sobrevivência do rapaz nas atuais circunstâncias, e, toda vez que sugeriam que era hora de ele partir, arranhava os pulsos com qualquer pedaço de metal que estivesse à mão, como uma advertência aos carcereiros de que ele se mataria caso fosse removido. Brutais, mas não obstante rigorosos com as formalidades burocráticas, os carcereiros jamais ousaram pagar para ver seu blefe: tinham pavor da Inspetora Geral Prisional, uma juíza aposentada que se vestia com tweeds e fumava charutos, que acreditava que as prisões deveriam ser geridas como escolas Montessori e que perdia as estribeiras em público toda vez que um prisioneiro conseguia se matar. Ela convocava uma arguição pública sempre que isso acontecia, em vez de promover uma pesquisa sobre como esta atividade louvável e altamente econômica poderia ser incrementada entre os hóspedes involuntários do Estado.

Como a maioria dos valentões, os carcereiros também eram covardes: o mero nome da juíza aposentada abalava seus corações com terror, e eles só eram capazes de dizer o que realmente pensavam sobre ela quando haviam bebido (ou *virado*, como diziam com tanta elegância entre si mesmos) diversos canecos de cerveja – quer dizer, todas as noites.

Esta é a atmosfera na qual eu, que poderia e deveria ter sido um artista, e teria sido se houvesse alguma justiça no mundo, sou obrigado a viver.

Pois, bem, o ponto da minha história sobre o rapaz é que o comportamento do homem falsamente acusado de assassinato, mas incapaz de defender a si mesmo, e aquele do assassino verdadeiro (comum), é, em todos os aspectos, idêntico e indistinguível. E os carcereiros, não sem razão, os tratavam exatamente do mesmo modo.

E esta, senhoras e senhores, é outra prova irrefutável, se mais uma ainda é necessária, de minha afirmação de que, quando se trata de assassinato, a culpa e a inocência representam uma distinção sem uma diferença: um erro justamente condenado por todos os filósofos.

Capítulo 7

Já que não sou um escritor profissional, comecei a perder o fio da meada de novo. Se eu tivesse nascido nas circunstâncias certas, talvez tivesse contribuído para a literatura: pois eu me gabo de dispor de algum talento natural nessa direção, e somente a necessidade opressivamente urgente de ganhar a vida me impediu de fazê-lo.

De resto, as condições na prisão são dificilmente propícias à criação de obras de perfeição literária. Quem quer que tenha projetado as prisões sabia que um componente vital do inferno é o barulho contínuo; assim, ele as construiu com materiais que não só comunicam o mais leve som, mas também o amplificam cem vezes. Fora dos muros, dizem-nos, nem um único pardal cai sem que o Pai dos Céus tome conhecimento do fato (Mateus 11,29); dentro dos muros, nem um único prisioneiro peida (para usar o vernáculo por um momento) sem que o prédio vibre na escala Richter. E, quando uma verdadeira comoção irrompe – o apito de um alarme, digamos –, o Armagedom (Apocalipse 16,16) é um jardim Zen em comparação.

Soou precisamente um alarme como esse em meu pavimento somente dez minutos antes de eu escrever isso, por exemplo. Ainda estou tremendo ligeiramente. A cela de um dos meus vizinhos, um criminoso comum, foi revistada por dois carcereiros por peças ilícitas de um rádio (o que não é permitido na prisão, é proibido). Eles deram com uma coisa meio preta enfiada no colchão, que o prisioneiro tentou agarrar em uma tentativa de engolir a evidência. Alguém pode se espantar de que a lei seja tão desprezada quando se pode ser punido por ter uma coisa cuja posse não é ilegal? Se eu tivesse de projetar um sistema digno do desapreço de toda pessoa inteligente, eu não poderia pensar em nada melhor.

De todo modo, os carcereiros tentaram parar o puto (a vulgaridade da minha linguagem é o produto do meu ambiente, senhoras e senhores) pela força. Ele resistiu e deu um soco em um dos carcereiros. O outro soprou o seu apito. Aqueles que nunca ouviram um apito de prisão não acreditariam o quão alto um único sopro desse instrumento tão franzino pode ser, especialmente em um espaço confinado: o suficiente para fazer com o que os mortos, que eram surdos em vida, ouçam. Esse prelúdio foi prontamente seguido pelo som sinfônico das botas de vinte carcereiros sobre as escadas de ferro vitorianas que levam ao nosso pavimento. Eles vieram como crianças atrás de brindes. A próxima coisa que eu ouvi foi um grito de "Vai se foder, seu porco!" – mais três dias de condicional perdidos, sob a acusação de que "Você utilizou linguagem ofensiva com o Agente Bryden enquanto ele estava desempenhando suas funções legais, ou seja, você disse 'Vai se foder, seu porco de merda' para ele". (Agentes penitenciários, como os policiais, nunca se contentam em meramente se restringir às evidências.) Então, veio o som de um homem sendo dominado com seu braço torcido por trás, para um coro de "Não se mova, fique quieto, seu bosta!". E, finalmente, a retirada dos carcereiros, levando o prisioneiro com eles enquanto o sujeito reclamava com um grito de que estavam quebrando seus braços, descendo a escadaria de ferro até as celas solitárias no andar de baixo: e tudo isso acontecendo na acústica equivalente a um salão de espelhos.

Eu lhes pergunto, senhoras e senhores, como supor que um homem – especialmente com a minha disposição nervosa – possa desenvolver seu raciocínio, e exprimi-lo em uma prosa elegante, quando ele está submetido a tais comoções que, além de tudo, podem irromper a qualquer hora do dia ou da noite, e que, quando acontecem à noite, o deixam exausto e ansioso no dia seguinte por falta de sono? O que alguém poderia ter feito para merecer uma experiência como essa?

Mas eu comecei muitas páginas atrás a explicar o excessivo, e efetivamente insalubre, interesse público no meu caso, e agora devo revelar minha explicação a vocês sem mais digressões, no caso de outra comoção estourar em meu pavimento e me fazer perder o fio mais uma vez: *eu só fiz o que vocês, no coração dos seus corações, sempre quiseram fazer.*

Evidentemente, vocês não o podem reconhecer, mesmo para si mesmos, e, portanto, me transformam de herói em vilão, um vilão tão vil de fato que vocês fingem que não conseguem sequer me compreender. Isso é aquilo que os freudianos chamam *formação reativa*, embora evidentemente eu não compactue totalmente com o seu sistema psicológico, que é viciado com uma grande quantidade de elaboração implausível.

Tampouco espero que vocês aceitem o que eu digo sem protesto. Com efeito, a própria veemência da sua reação demonstra que eu toquei um ponto nevrálgico em vocês. Já é bastante duro que eu tenha provado satisfatoriamente que vocês são moralmente piores do que eu; mas vocês acham intolerável que eu venha agora a demonstrar que de todo modo eu concretizei na prática os seus mais íntimos desejos, os quais vocês são covardes demais para executar.

Mas muitos autores famosos reconheceram a verdade do que eu digo, senhoras e senhores. Vocês encontrarão neles uma franca confissão dos desejos mais assassinos, geralmente – mas não sempre – em conjunção com fantasias sádicas, as quais eu nunca experimentei, ao menos não como adulto. Ao contrário, eu considero a mim mesmo um idealista e um humanitário.

Eu vou aos autores, senhoras e senhores, precisamente porque eles penetraram nos mais profundos recessos da mente humana, sobre os quais outros temem pensar. Eles rasgam implacavelmente as tênues fachadas que vocês tão facilmente erigem para esconder a sua verdadeira natureza dos outros e de si mesmos. E eu sou modesto o suficiente para acreditar que eu tenho algo a aprender dos sábios do passado. Eles sabiam uma ou duas coisas.

Comecemos com o Marquês de Sade, acusado por alguns de ser um escritor tedioso e mesmo sem talento: mas isso é seguramente a inveja daqueles autores desapontados que apresentam tanta chance de ter um *ismo* nomeado a partir deles quanto de criar asas e ascender diretamente aos céus de algum lugar em Jerusalém. Eu tive de lê-lo de um modo semiclandestino mesmo hoje, dois séculos depois, de tanto que o consideram subversivo à boa ordem e disciplina (como eles dizem na prisão): eu não queria que o bibliotecário soubesse o que eu estava lendo caso ele viesse um dia a usar essa informação para testemunhar contra mim:

Descreveremos o crime [o Marquês se refere ao assassinato] tal como é, ou seja, sempre triunfante e sublime... enquanto a virtude é sempre miserável e triste.

Sim, o Marquês, apesar de ser um aristocrata, atinge aqui uma verdade essencial: que o Homem é atraído pelo assassinato como a mariposa pela chama. Alguma vez, vocês se perguntaram por que na literatura são sempre as personagens perversas que têm as melhores falas, os contornos mais firmes, e que permanecem para sempre fixadas na mente? Ou por que o inferno de Hieronymus Bosch é tão vívido, enquanto todas as pinturas do Paraíso são tão anêmicas e desapaixonadas, não deixando qualquer traço na mente? Tomem o Corão: o que é a visão do Céu? Homens reclinados eternamente em almofadas douradas em jardins verdejantes, recebendo bebidas refrescantes das mãos de donzelas virgens ninfomaníacas que nunca envelhecem, nem se cansam de servir. Pode-se ver a atração deste tipo de Paraíso para homens que gastaram suas vidas no deserto, dando voltas em – e às voltas com – camelos. Mas como um modo de passar a semana, para não falar da eternidade, é algo um pouco restrito.

Sendo o Homem o que é, não se pode imaginar o júbilo eterno. O homem não é somente um animal que soluciona problemas, mas também um que cria problemas. Ele não sabe viver sem dificuldades, e de tempos em tempos há tumultos, mesmo na Suíça, cuja perfeição ocasionalmente enraivece os habitantes que a criaram. Ele – ou seja, o Homem – não pode suportar boa ordem e felicidade demais, não mais do que realidade demais (T.S. Eliot, *Quatro Quartetos*); tão logo ele atinge um posto confortável, começa a buscar em torno por encrenca. O júbilo satura rápido: *ergo*, ele não pode existir. O simples pensar sobre o Paraíso logo induz a uma espécie de estupor.

É bem diferente com o Inferno, é claro, e é perfeitamente fácil imaginar um tormento eterno. E, quando se pensa um pouco sobre isso, não há um fim de punições perpétuas, grosseiras ou sutis, que se possa engendrar.

O que isso prova, vocês perguntam? Nada mais – mas também nada menos – que o Homem tem uma vocação natural para tudo o que é perverso, nocivo e antissocial. Selecionar alguns homens para a punição é, assim, não só fútil, mas também um mero apelo a um bode expiatório.

Retornemos aos autores: embora eles não sejam mais do que palha no vento do meu argumento. Se Sade fosse o único exemplo que eu pudesse citar, se fosse somente uma mera prova estéril da abrangência e do catolicismo das minhas leituras na biblioteca pública, ora bem, eu poderia admitir a possibilidade de dispensá-lo como uma mera aberração na história da literatura. Mas ele não é o único, ou o maior. Dostoiévski, em *Os Irmãos Karamázov*, nos diz que: Em todo homem... se esconde um demônio – o demônio da cólera, o demônio do calor luxuriante aos gritos das vítimas torturadas, o sonho da anarquia libertada de suas cadeias.

Sem dúvida, vocês se perguntarão como um homem não instruído formalmente como eu pode citar essas passagens de cor dessa forma extremamente erudita. Essa resposta é simples: quando me deparei com elas na biblioteca pública, eu reconheci imediatamente que elas não só comunicavam uma verdade importante, mas também podiam me ser úteis algum dia, e eu as gravei a ferro quente indelevelmente em minha memória pela repetição constante.

Sim, senhoras e senhores, vocês fantasiam impureza e crueldade enquanto falam de virtude e humanidade. Vocês se arrogam civilizados, mas olhem só o modo como vocês dirigem! Se não houvesse leis de tráfego, ou nenhuma probabilidade de serem pegos caso vocês as infringissem, o que os impediria de dirigir a duzentos quilômetros por hora em uma rua movimentada e ceifar pedestres como pinos de boliche, só para chegar ao restaurante ou para um compromisso na hora marcada, ou mesmo por mera diversão? Será o amor aos pedestres em geral, o medo de feri-los e de que eles sofram em consequência disso? Nonsense: pois o que são eles para vocês, ou vocês para eles, para que vocês desviem deles?

Não, senhoras e senhores, não é amor ao seu próximo, mas o medo da punição que mantêm os seus pés fora do acelerador. O medo é o pré-requisito da ordem, e não há civilização sem ele. Quando o medo é removido, o que sobra: paz e reconciliação, ou crime e caos?

Assim, então, vocês vivem no medo; e o medo é o inimigo mortal da liberdade. Vocês o alimentaram enjaulados por ele a cada momento de suas vidas: que, evidentemente, é o motivo pelo qual as suas fantasias são tão extravagantes.

Mas Dostoiévski era um epilético, um neuropata, vocês contestam: suas ideias eram quase certamente o resultado de uma descarga elétrica patológica em seu cérebro. De resto, ele era russo, e os habitantes desse país mórbido hão de ter pensamentos mórbidos.

Eu fico surpreso de que vocês exibam seus preconceitos vulgares tão abertamente. Acaso eu não demonstrei repetidamente que eu não sou um tipo de homem para ser tomado em tal especiosidade? Se a capacidade de Dostoievski de pensar foi destruída, ou mesmo distorcida, por um defeito de seus neurônios, será plausível que ele tenha produzido algumas das obras mais profundas e universais de sua, ou qualquer outra, época? Não, é somente porque ele escreve algo que perturba seu equilíbrio complacente que vocês trazem a questão de sua epilepsia. Quanto à suposta morbidez dos russos, Turguêniev estava entre os menos patológicos dos grandes escritores, assim como Tchékhov. É a verdade das palavras de Dostoiévski que vocês buscam negar descendo ao plano *ad hominem* do argumento. Além disso, Dostoiévski esteve longe de ser o único a reconhecer esta verdade. Eu cito Louis-Ferdinand Céline: Na primeira oportunidade que temos, caímos de volta em nossos velhos hábitos: massacre e tortura... Ah, poder eviscerar alguém! É o desejo secreto de toda pessoa "civilizada".

E daí, vocês perguntam? Céline, vocês dizem (quer dizer, caso vocês não o ignorem completamente), era um notório fascista, um simpatizante do nazismo. (E de onde, de qual fonte, vocês supõem que o nazismo jorra, eu pergunto entre parênteses?) Após a guerra, ele teve de se refugiar na Dinamarca, e só foi capaz de retornar à França após uma anistia.

Mas a verdade do que o homem diz, senhoras e senhores, não deve ser tão facilmente descartada. Ainda que o próprio diabo o diga, dois mais dois não continuam a ser igual a quatro?

Primeiro, os fascistas tinham um bom entendimento da natureza humana. Acaso o fascismo não triunfou originalmente precisamente no país da Europa com a história contínua mais longa da civilização? E não triunfou em seguida precisamente no país da Europa com o maior nível de educação e cultura?

Segundo, Céline passou muitos anos exercendo a medicina. Centenas de segredos devem ter sido depositados nele, portanto não havia nada que ele não soubesse sobre o coração humano. Ele sabia do que falava. Que outros médicos, igualmente depositários de confidências, não tenham escrito exatamente nos mesmos termos demonstra somente a coragem excepcional necessária para escrever a verdade.

E esta, senhoras e senhores, é a chave: vocês me invejam, pois eu me libertei dos demônios interiores que ainda os atormentam, porque vocês não os satisfizeram. Não é possível que todos os autores que eu citei – e muitos outros que eu me abstive de citar, uma vez que não há nada mais vulgar do que exibir erudição – estejam enganados. Não: há muito tempo já se considerou que, para qualquer sistema ético, a primeira prescrição, que foi gravada sobre a entrada da Academia na antiga Atenas, é *Conhece a ti mesmo*.

E eu vim a conhecer a mim mesmo após longas leituras na biblioteca pública, e intensa reflexão na solidão de minha própria casa. Eu entendi minha capacidade para a violência e a crueldade, não da experiência pessoal, mas dos princípios gerais que eu extraí do estudo. E eu cheguei à conclusão (em comum com todos os psicólogos reputados) de que você não pode reprimir um anseio natural para sempre: a própria tentativa de fazê-lo leva, mais cedo ou mais tarde, à sua manifestação patológica.

Tome o luto, por exemplo. Homens e mulheres que não conseguem viver o luto diante das mortes das pessoas próximas a eles em algum momento são acometidos por uma profunda melancolia que pode levá-los a agir racionalmente, ou ao menos passar muitos anos de maneira improdutiva e miserável – coisas tais que poderiam ter sido evitadas pelo derramamento de algumas lágrimas na hora certa. Eu não falo por experiência, evidentemente: eu jamais perdi alguém próximo a mim pela simples razão de que ninguém jamais foi próximo a mim. Mas o conhecimento teórico ainda é conhecimento, mesmo sem a experiência direta.

Ou tomem a gula como outro exemplo. Quem são os gulosos? Com muita frequência, vocês descobrem que eles são pessoas a quem, nos primeiros anos de suas vidas, foram negados os prazeres normais da comida. E acaso a resposta à gula é a abstinência total? Obviamente não, porque isso é impossível. Um homem deve comer para viver, no fim das contas. A resposta, portanto, é uma transigência entre a indulgência e a negação total – algo similar ao meio-termo de Aristóteles.

E assim foi com o meu anseio de matar: eu precisava encontrar um meio-termo. Por razões éticas, eu não me permitiria levar a cabo aquilo que André Breton chamou "o ato surrealista básico": ou seja, sair em uma rua movimentada e atirar cegamente na multidão. Tampouco eu queria suprimir o desejo de matar ao ponto de ele emergir naquela belicosidade louca e naquela febre de guerra pelas quais todas as sociedades são possuídas de tempos em tempos, resultando nas mortes de milhares de anônimos (nesses dias, milhões), mortes, ademais, que ocorrem quase inteiramente de modo aleatório. Muito melhor, pensei eu – e ainda penso –, matar uns poucos indivíduos racionalmente selecionados, escolhidos de acordo com princípios éticos adequados, do que me afundar nesta estúpida degradação.

E, no processo, eu me tornei, pela primeira vez em minha vida, um homem genuinamente livre. Não, eu admito, após a primeira morte, quando eu ainda tinha medo de que pudesse ser pego, e talvez nem mesmo após a segunda, quando o medo permaneceu, esmaecido, mas após a terceira, definida e definitivamente.

Isso porque, de novo, pela primeira vez na minha vida, eu estava agindo puramente conforme a minha própria volição, e não por um medo covarde daquilo que todo mundo considera direito, ou pela esperança das recompensas miseráveis que esta sociedade oferece em troca da conformidade. Eu me decidi por uma linha de conduta e a levei a cabo, como um homem completamente livre.

Daí a sua inveja, senhoras e senhores, e o motivo pelo qual vocês me transformaram em suas mentes de um herói em um monstro. Pois, se vocês não o tivessem feito, o que esconderia de vocês a sua própria covardia? O que vocês orgulhosamente chamam a sua ética nada mais é que o andar do rebanho, contra as suas inclinações mais íntimas e profundas. E é por isso que de tempos em tempos vocês têm ataques de selvageria, enquanto eu permaneço calmo e composto todo o tempo, mesmo diante do mais egrégio insulto.

Pois eu escapei dos demônios interiores que os atormentam.

Capítulo 8

Eu ainda não terminei completamente com as citações: pois, ainda que o assassinato tenha tido má fama desde os tempos em que Caim trucidou Abel (em Gênesis 4), não obstante houve alguns partidários do ato suficientemente corajosos para enfrentar a censura hipócrita dos seus próximos. Pensadores políticos, é claro, sempre reconheceram a necessidade de matar em certas ocasiões, sejam eles pró ou antirrevolucionários. Mas o tipo de assassinato que eles aprovam é estranhamente abstrato, como se não fosse uma questão de um homem colocando fim à vida de outro, atirando nele ou cortando a sua garganta, por exemplo, mas antes forças impessoais que matam sem a necessidade de um intermediário humano. Somos levados a suspeitar que os autores de uma tal sede de sangue abstrata desmaiariam ao ver sangue, e reclamariam que a guerra ou a revolução estavam interferindo na sua rotina diária.

Não apelarei a esses autores, naturalmente, cheios de som e fúria, significando nada (*Macbeth*, Ato 5, Cena 5).

Antes, eu apelarei àqueles que reconheceram atos individuais de assassinato (eu me vejo obrigado a usar palavras emotivas na falta de outro termo mais neutro) como psicologicamente reparadores e socialmente construtivos. E aqui, ironia das ironias, eu me vejo citando mais um psiquiatra, apesar de meu desprezo geral e aversão por toda a raça. Mas me sinto reassegurado pelo fato de que as palavras de Frantz Fanon encontram eco no pensamento dos seus colegas – se, quer dizer, o débil movimento das suas mentes pode ser propriamente chamado pensamento. A violência é uma força purificadora. Ela liberta o nativo de seu complexo de inferioridade e de seu desespero e inação; ela o torna destemido e restaura sua autoestima.

Ao matar seu antigo senhor, diz Fanon, um homem recobra seu poder de agir, e, no processo, se torna mais plena e verdadeiramente humano.

Eu quase não preciso acrescentar, suponho, que Fanon não está falando aqui do criminoso comum, daquele que mata por lucro ou no meio de uma briga com sua esposa (estes são os assassinos que geralmente vão parar em nossas penitenciárias). Fanon não aprova qualquer assassinato: é preciso que seja autoconsciente para ter os poderes curativos que ele descreve. Em resumo, o assassino deve dispor de altos padrões éticos, como eu disponho.

Se você leu Fanon, provavelmente perguntará como eu ouso me comparar com as pessoas sobre as quais ele estava escrevendo? Ele falava, afinal, das massas oprimidas dos regimes coloniais, enquanto eu (de acordo com vocês) sou, ou fui, um cidadão livre de um país livre, capaz de fazer o que eu quiser.

Isso é uma piada! (Vocês me perdoarão se eu recorro a uma expressão vulgar em um trabalho tão sério quanto esse, mas há momentos nos quais a espontaneidade tem seu próprio valor.) Se tivesse parado de trabalhar, eu me veria imediatamente sem uma renda, quase incapaz de arranjar o suficiente para comer, e vivendo no frio e na umidade perpétuos, as piores consequências da pobreza em um clima setentrional. Como vocês podem chamar de liberdade ser forçado assim a ir cinco vezes por semana a um trabalho que você abomina e despreza, simplesmente para protelar o desconforto e a penúria? Será a liberdade, então, o reconhecimento da necessidade, como Engels assinalou? Sejam honestos com vocês mesmos uma vez na vida, senhoras e senhores, e admitam que as únicas pessoas genuinamente livres (e eu quero dizer livres *para*, e não somente livres *de*) são os muito ricos.

Como quase todo mundo, Fanon era um prisioneiro da sua própria experiência, e, portanto, concluiu que a opressão com a qual teve contato direto era a única forma de opressão que existia ou poderia existir. É assim que a mente de um intelectual funciona: de modo egocêntrico, sem qualquer imaginação, e nenhuma simpatia em relação às dificuldades dos demais. Fanon teria dispensado como insignificante a opressão que eu experimentei ao longo da minha vida, porque por acaso eu vivo em um país que ele teria chamado imperialista. Mas, diferentemente dele, eu não tive intelectuais da Rive Gauche parisiense para me defender na imprensa ou para escrever em meu favor para as autoridades.

A tirania da vida do dia a dia não é menos tirânica porque está oculta (ao contrário, o ocultamento faz com que a tirania seja mais difícil de suportar); nem é menos tirânica porque não é imposta por canhões de água, golpes de cassetete, câmaras de tortura e coisas do gênero. A despeito disso, a vida – exceto para os mais privilegiados dos privilegiados – é uma longa série de *diktats* da circunstância.

Pense na sua própria vida cotidiana: aparte a ilusão de liberdade, não se dá o caso de que tudo o que você faz da manhã até a noite não é ditado por seus próprios desejos, mas sim por demandas que a sociedade coloca sobre você? Mesmo o modo como você se veste é estabelecido em limites bastante estreitos, pois aqueles que querem comer devem ter um emprego e aqueles que têm um emprego devem se vestir em conformidade com as expectativas dos seus empregadores.

Você não acorda porque está descansado, mas porque é hora de ir para o trabalho, você não come porque está com fome, mas porque a sociedade decretou que é hora de comer. Em resumo, se você tiver a coragem de examinar a sua existência com a honestidade total com a qual eu examinei a minha, você admitirá que as suas ações são constrangidas pelas demandas postas sobre você por outros, e que você não é mais livre do que o camponês colonial oprimido de Fanon.

Assim, a tirania de que 99,9% de nós experimenta é, em cada pedaço, tão esmagadora quanto a descrita por Fanon; e, desse modo, é tão vitalmente necessário para nós superar esta tirania quanto era necessário para os assim chamados nativos de Fanon superar o seu complexo de inferioridade vis-à-vis seus senhores coloniais. E somente os mesmos meios serão suficientes.

Mas quem, vocês perguntam, é o inimigo? Os nativos de Fanon sabiam com bastante clareza; mas nós, que vivemos em um miasma kafkiano, não podemos apontar com tanta facilidade para os autores da opressão. O chefe, afinal de contas, vive no mesmo pântano moral que nós, e não é mais livre para agir do que nós somos. A sua eliminação não faria diferença; ele seria substituído imediatamente por alguém com precisamente as mesmas características. De resto, nós nos colocaríamos imediatamente em risco ao eliminar o nosso chefe.

Mas, se não há um inimigo identificável à mão, vocês dirão, então o argumento de Fanon não pode se aplicar a vocês (ou a nós). Como a mente de vocês é literal! Pois é o ato mesmo do assassinato que libera um homem da sua opressão, que faz dele um *verdadeiro* homem pela primeira vez em sua vida, alguém que age a partir de sua própria vontade não diluída nem contaminada, e não o fato de que ele mata uma pessoa em vez de outra. É o disparar a flecha, não o atingir o alvo, que conta.

Em que base, contudo, deve-se selecionar aqueles a serem mortos, se não a da inimizade? Eu já declarei minha oposição radical e irreconciliável ao assassinato aleatório, e segue-se daí que um ou outro princípio deve ser empregado pelo homem que deseja transcender a sua condição de escravo do cotidiano pelos meios do assassinato.

Eu citaria Nietzsche, no sentido de que o fraco e o de constituição doentia deveriam perecer, e que deveríamos ajudá-los para tanto, não fosse pelo fato de que vocês dispensariam as palavras desse gênio filosófico como delírios de um homem cujo cérebro, como é bem conhecido, apodreceu pela sífilis, e que terminou seus dias completamente mudo em um hospício.

Permitam-me então citar a vocês as palavras de um homem indisputavelmente sadio, um homem que foi proclamado um sábio em seu próprio tempo, o qual eu li na biblioteca pública: Norman Mailer. Dois jovens espancam o proprietário de uma lojinha até a morte, e o Sr. Mailer diz: Não somente mataram um velho fraco de cinquenta anos, mas uma instituição também; violaram a propriedade privada, entraram em uma nova relação com a polícia e introduziram um perigoso elemento na própria vida.

Sim, é verdade que todos precisamos de risco ou perigo em nossas vidas, embora precisemos da segurança também. Mas onde o autor proclama algo genuinamente profundo é onde ele afirma que, ao matar um homem, se mata não apenas um indivíduo, mas também se atinge uma instituição. Por exemplo, matar um professor universitário é enfraquecer o próprio sistema universitário. De fato, em muitas ocasiões, eu considerei apenas esse tipo de "vítima": pelo fato de que eu sofri nas mãos daqueles que se consideravam superiores a mim simplesmente porque frequentaram uma universidade e tinham um pedaço de papel para certificar sua capacidade durante os exames de regurgitar fielmente o que os seus professores lhes disseram! E o que fizeram esses professores para merecer tal imitação servil? Eu admito que, em algum momento em sua juventude ou no início da vida adulta, eles talvez tenham perambulado um pouco pelas pesquisas, e possivelmente tenham até mesmo encontrado algo não conhecido antes (o que não é garantia de utilidade, contudo), mas a maior parte deles se instalou confortavelmente em suas sinecuras, e se considera intoleravelmente sobrecarregada se tem quatro horas de aula por *mês* para dar – enquanto o restante de nós gasta mais de sessenta horas por semana em nosso trabalho, se, como é simplesmente razoável, você contar o tempo de deslocamento de ida e volta do local de nosso emprego como trabalho também. Sim, eu teria gostado de fazer dos professores universitários um exemplo como uma raça – pernóstica, com pouco trabalho e muito salário, se você incluir todos os seus pré-requisitos –, porém a prudência me preveniu: pois professores são vistos como pessoas importantes nesta sociedade obcecada por qualificações formais, e não desaparecem sem que se tome notícia do fato, não só pelo autoproclamado professorado, mas também pela polícia. Os casos teriam sido investigados segundo a melhor das confessadamente limitadas habilidades destes últimos, e em não muito tempo eu teria sido detido, por mais elaboradas que fossem as minhas precauções. Depois disso, ficaria impossibilitado de continuar a minha obra: e eu decidi, portanto, que seria melhor selecionar "vítimas" menos socialmente proeminentes. Afinal de contas, não era como se a esse mundo faltassem parasitas dignos de eliminação.

Contudo, não posso concordar inteiramente com o Sr. Mailer sobre a propriedade privada. Eu suspeito que *aí* ele esteja sendo um hipócrita: ele desaprova a propriedade privada na forma de lojinhas, mas não na forma dos *royalties* e contas bancárias dos escritores. Supondo que eu tivesse escrito a ele para contar-lhe sobre minha existência dura e financeiramente espremida, que me impediu de realizar meu potencial artístico, e tivesse pedido sua assistência com base na sua opinião publicada sobre a propriedade privada como uma instituição. Você acha que ele teria respondido com um cheque? Eu duvido muito que ele tivesse até mesmo respondido: ou, se o tivesse feito, teria sido para fingir que ele recebera apelos demais desse tipo para conceder qualquer um deles. E, se eu tivesse respondido de volta que a sua recusa demonstrava que o que ele escrevera sobre a sua oposição à propriedade privada era uma impostura, uma mera pose, e que logicamente falando ele deveria se despojar de tudo aquilo que possuísse, eu creio que ele teria levado a nossa correspondência a um fim abrupto. Não, o Sr. Mailer é por vezes capaz de enunciar grandes verdades, mas acidentalmente por assim dizer: elas não emergem de uma personalidade com escrúpulos morais transcendentes.

Mas tampouco quero dizer que a propriedade privada em sua forma atual é defensável: por que a algumas pessoas deveria ser permitido ganhar em um dia mais do que eu ganho em um mês ou mesmo um ano? Será possível que existam pessoas trezentas e sessenta e cinco vezes (ou trezentas e sessenta e seis no giro de um ano bissexto) mais talentosas, mais inteligentes, mais valiosas para a sociedade do que eu? Eu confio que vocês não responderão com uma galhofa *ad hominem* barata de que eu ganho mais em uma semana do que um camponês bangladeshiano ou zairense ganha em um ano. Evidentemente, admito que eu ganhei mais do que tais camponeses; mas a diferença era menor do que vocês presumem (ou fingem presumir). Afinal de contas, se vocês dividissem minha renda por cinquenta e dois, e pedissem a alguém para viver com isso neste país por um ano, ele logo morreria de fome ou de frio. Mas ao camponês bangladeshiano ou zairense não acontece nenhuma dessas coisas, logo a sua renda não pode ter sido meros 2% da minha. Esses camponeses recebem calefação de graça, por exemplo, como um dom de Deus. (Eu uso o termo Deus como figura de linguagem, sem quaisquer implicações teológicas, e sem preconcepções quanto à sua existência ou inexistência.)

De resto, vocês não podem julgar sensivelmente uma pessoa que vive em uma sociedade pelos padrões prevalentes em outra. A pobreza em um país rico seria sem dúvida contada como riqueza em um pobre: mas, ainda assim, é pobreza para a pessoa que a sofre. Portanto, quando aponto a injustiça das desigualdades de renda em meu próprio país, entre mim, por exemplo, e (digamos) um jovem especulador na Cidade, ou um igualmente jovem jogador de futebol, que jamais estiveram em uma biblioteca pública em suas vidas e não saberiam diferenciar Kant de Spinoza, não é uma resposta dizer que a desigualdade não é maior do que aquela entre mim e o habitante de um dos países mais pobres do mundo, mesmo supondo que isso fosse verdade, o que não é, como eu demonstrei. A injustiça existe dentro das sociedades, não entre elas.

Evidentemente, eu não estou dizendo que todos deveriam receber exatamente a mesma renda, longe disso. Por que alguém que não trabalha em absolutamente nada deveria receber *grátis* uma renda do Estado não muito diferente da minha, quando toda semana eu sacrifico cinco dias da minha vida ao meu trabalho? Qual é o incentivo para qualquer um trabalhar nessas circunstâncias? A igualdade absoluta e a abolição de toda propriedade tal como advogam os Mailers deste mundo implicariam o fim do esforço, e, além disso, nós deveríamos ser capazes de chamar mesmo as nossas colheres de nossas.

Estou pedindo somente por uma fatia justa do bolo, para me permitir ao menos uma vez o uso de um clichê que não obstante exprime precisamente o que eu quero dizer: o reconhecimento de que o trabalho de nenhum homem pode valer cem vezes mais do que o de outro – ao menos, não do que o de um homem que se dedica a algum tipo de trabalho qualquer. Como pode o guitarrista de uma assim chamada banda de música, com um talento muito limitado e que tudo somado está somente entretendo pessoas, em geral com muito pouca inteligência, ganhar justificadamente em um ano ou dois o suficiente para que ele viva em luxo pelo resto de sua vida, quando a maioria de nós jamais experimentará tal luxo, nem mesmo por uma semana ou um dia, por mais tempo que trabalhemos?

Em essência, eu reclamo uma escala de salários que seja justa e realista: o homem mais bem pago, por exemplo, não deveria receber mais do que duas ou três vezes a quantia que o mais mal pago recebe. Nem deveria ser meramente a habilidade de um homem o que determina a sua posição na escala: afinal de contas, a habilidade é um dom da natureza (eu não direi de Deus, para que você não pense que eu tenho alguma crença, e como William of Ockham apontou há muito tempo, no século XIV para ser mais exato, *entia non sunt multiplicanda praeter necessitatem*, o que quer dizer, falando filosoficamente, entidades não devem ser multiplicadas desnecessariamente, sem uma boa razão).

De ninguém se pode dizer que mereça a sua habilidade, portanto. O esforço é um modo muito mais consistente e muito mais benéfico socialmente de determinar a recompensa monetária e, junto a ele, o teor desagradável de uma atividade deveria ser levado em conta. Se o meu esquema viesse a ser implementado, resultaria em uma ordem de coisas muito diversa e melhorada: uma ordem que representaria uma genuína hierarquia moral, e não a atual anarquia egoísta, na qual o preço é o único valor.

Não que eu espere que alguém tome conhecimento de minhas ideias, eu não sou tão ingênuo a ponto de pensar nisso. Um profeta não só não é honrado em sua própria terra, mas em sua própria época.

Capítulo 9

Quem, então, foram as minhas "vítimas", como vocês insistem em chamá-las?

Antes de responder (eu não estou sendo evasivo, vocês saberão de tudo no devido momento, sem reservas), deveria talvez explicar a natureza da minha obra. Como eu já mencionei, trabalhei por vinte e dois anos no Departamento de Habitação, e sempre no mesmo cargo: era eu quem sentava na recepção do Departamento, protegido do público por um vidro à prova de balas muito necessário, recebendo as solicitações de moradia dos degradados, desesperados e indigentes, assim como daqueles já abrigados pelo Departamento, mas que queriam ser removidos para outro lugar, para a melhor acomodação que eles, bastante equivocadamente, imaginavam que dispunha.

Havia uma carência de moradias na cidade, é claro, assim como em todo o restante do país: mais candidatos do que habitações. Essa feliz circunstância deu aos burocratas exatamente a oportunidade de que precisavam. Eles desenvolveram um sistema de alocação do que chamavam *unidades habitacionais,* tão complexo e bizantino em suas operações que mais e mais funcionários eram necessários para operá-lo, de modo que os chefes conseguiam conferir a si mesmos títulos sempre maiores para seus próprios cargos. Na época em que fui preso, quase todo mundo no Departamento (quer dizer, acima do nível mais baixo) era diretor ou gerente de alguma coisa ou outra. Alguns anos antes, um consultor de gestão, cujo mero custo da conta de hotel teria abrigado seis famílias adequadamente por várias semanas, sugeriu que um meio de reviver os ânimos tíbios era se livrar dos títulos de cargos do Departamento que implicassem a subordinação de uma pessoa à outra, além de criar novos títulos enfatizando a inestimável importância para a organização do mais baixo entre elas.

Ao mesmo tempo, a burocracia cedeu à pretensão de que poderia prestar contas junto à sociedade na qual ela em tese servia. Ela instituiu um procedimento de queixas (na verdade, era um Diretor de Investigação de Queixas, um sujeitinho salafrário chamado Jim Jimson, que mantinha uma coleção de material pornográfico, assim como uma garrafinha de vodca, na sua gaveta), tão difícil de compreender que efetivamente se livrava das queixas antes que pudessem ser feitas.

Que atmosfera prevaleceu na repartição! Todo mundo estava sempre de olho em um ou outro lapso de parte de seus assim chamados colegas que servisse de pretexto para mais uma assembleia, de modo que o escritório pudesse fechar (temporariamente, é claro). Eu me lembro da assembleia, que durou duas horas e esquentou muito, sobre qual deveria ser o termo preferível para café preto, uma vez que recentemente fora decidido pelo Superintendente do

Combate ao Racismo que a palavra *preto*, aplicada ao que quer que fosse, era potencialmente inflamatória e degradante. Quando sugeri que esta discussão sobre o uso de palavras era diversionista e trivial, eles uivaram de raiva: os Savonarolas do Departamento de Habitação me acusaram então de racismo, e eu protocolei uma reclamação ao Diretor de Recursos Humanos, alegando calúnia. Desnecessário dizer, fui completamente inocentado. Mas, não obstante, foi decretado que o uso correto na repartição seria *café com* e *café sem*, e que a não utilização desses termos compreenderia uma questão disciplinar.

Certo dia, apareceram uns funcionários no Departamento com instruções para fixar fotos de grandes homens negros em todas as paredes. Um desses retratos foi martelado na divisória do meu pequeno cubículo, que cobria um pedaço de chão menor do que a mesa de centro do Diretor (falo agora *do* Diretor, o Diretor dos Diretores por assim dizer), mas que, apesar disso, era conhecido como meu escritório. O retrato era de Mansa Musa, o Imperador do Mali que, de acordo com a lenda sobre ele, levou tanto ouro em sua bagagem durante sua peregrinação do Oeste da África até Meca que, *en route* pelo Cairo, o preço do ouro caiu pela metade no mercado local. Nós recebemos uma circular que nos informava de que a remoção de qualquer um dos retratos seria vista como uma ofensa passível de demissão. Eu protestei, dizendo que nenhum retrato autêntico de Mansa Musa poderia existir, uma vez que o Islã proibiu a imitação da criação de Deus por figuras representacionais, e que esse retrato era, portanto, uma invencionice da imaginação de um artista não muito bem dotado, à qual um muçulmano ortodoxo poderia oferecer objeções com bases estritamente teológicas; mas é claro que o meu protesto foi ignorado, sendo impossível argumentar logicamente com uma burocracia semi-instruída.

De fato, vivíamos com medo no Departamento: demônios eram invocados para nos assegurar da significância da menor das nossas ações. Você só precisava olhar para uma mulher por mais tempo do que uma fração de um segundo para que ela o acusasse de assédio sexual. E, tão logo a acusação era feita, o acusado era suspenso do trabalho (com remuneração plena, naturalmente) até que uma investigação interna fosse completada. Isso sempre deu em nada, uma vez que se tratava invariavelmente da palavra de uma pessoa contra a de outra; mas a parte acusada e só parcialmente exonerada podia não obstante receber ordens de participar de um curso de conscientização sobre assédio sexual (no horário do expediente, naturalmente), coordenado por um ex-empregado do Departamento, só para remover quaisquer traços de dúvidas na repartição sobre sua conduta passada e futura.

A única coisa segura que se podia ser no Departamento era uma vítima: até mesmo os canhotos se juntaram em um bando e exigiram uma assembleia para conscientizar todo mundo sobre as dificuldades que os canhotos enfrentavam em um mundo de destros. Eles disseram que pesquisas recentes mostravam que os canhotos viviam dez anos menos do que os destros, e que, portanto, tinham direito a se aposentar mais cedo, especialmente porque muito do excesso de mortalidade entre eles resultava de sua maior suscetibilidade a acidentes acarretada pelos equipamentos projetados exclusivamente para a conveniência dos destros, como tesouras. Eles exigiam, portanto, que, doravante, no mínimo a proporção de equipamentos no Departamento fosse adaptada ao uso dos canhotos na mesma proporção dos canhotos na equipe ou na população em geral, uma demanda razoável, diziam eles, após muitos séculos de tentativas de supressão dos canhotos por parte de pais e professores, que tentaram mudar a mão hábil das crianças como se isso fosse simplesmente uma questão de fracasso moral antes que de neurologia e, portanto, uma parte integral da personalidade da criança. Os mais extremos entre o lobby canhoto exigiam que uma proporção ainda maior dos equipamentos fosse adaptada ao uso canhoto, alegando que uma quantidade significativa dos assim chamados destros eram, em verdade, canhotos, tendo sido forçados a mudar sua preferência na infância, e que, com um módico encorajamento oficial, poderiam ser reconduzidos à sua verdadeira identidade, e, assim, à sua integridade pessoal. Eles também disseram que a restituição era simplesmente justa e razoável após tantos séculos de opressão pelos canhotos.

Tesouras canhotas apareceram em cena pela primeira vez no Departamento, e um grupo de monitoramento foi estabelecido para checar se estavam sendo facilmente disponibilizadas àqueles da equipe que pudessem precisar delas. Mas mesmo isso não satisfez o lobby, que tinha sentido o cheiro de sangue: eles declararam que todas as manivelas das descargas dos vasos sanitários foram feitas para o uso dos destros, e exigiriam a instalação de descargas para canhotos. E, então, ele avançou para o que foi chamado de *linguagem ofensiva manidestra*, cujo uso queria eliminar do departamento: termos como *sinistro* e *gauche*, carregados de conotações depreciativas a respeito dos canhotos e do canhotismo, feriam profundamente. Mesmo o particípio passado do verbo *to leave* ["deixar" quer dizer *left*, que, em inglês, é homógrafo de "esquerda"] tornou-se suspeito, uma vez que *leaving* é frequentemente triste e infeliz, e se recomendou oficialmente que deveria ser evitado sempre que possível. *He left his flat* [ele deixou seu apartamento] deveria dali por diante ser escrito *He vacated his flat* [ele vagou seu apartamento] ou mesmo *He leaved his flat* [ele deixou seu apartamento].

E havia cursos a se frequentar – compulsoriamente, nem é preciso dizer. Fui enviado três vezes em cinco anos a um curso sobre como atender o telefone. Não era só uma questão de pegar o fone e dizer ao interlocutor que aquele era o Departamento de Habitação: era muito mais complicado do que isso. Eu gastei três dias praticando a resposta ordenada: "Bom dia, Departamento de Habitação, Graham falando. Como posso ajudar?". Não eram só as palavras que precisávamos acertar direitinho, se fosse assim até mesmo o Diretor (que, evidentemente, não era obrigado a atender) poderia ter aprendido em um dia: não, era a entonação correta que era tão difícil de capturar, de acordo com os nossos instrutores – também ex-empregados do Departamento que também haviam falhado. Era preciso lembrar que a pessoa do outro lado da linha estava chamando por um assunto de extrema importância para ele ou ela, e, portanto, a nossa voz deveria sugerir pelo seu tom uma disponibilidade a ouvir e compreender. O tom requerido era algo entre o de um clérigo empenhado no coral das vésperas e o de um médico informando seu paciente que ele tinha câncer avançado.

Mas qualquer um que já tenha alguma vez telefonado ao Departamento de Habitação sabe que, na prática, as coisas são bem diferentes, e que mil cursos sobre como atender o telefone não as mudarão. Tínhamos duas técnicas principais para desencorajar quem nos ligava: a primeira era simplesmente não responder e pronto. Mais cedo ou mais tarde, mesmo a pessoa mais desesperada desiste. Contudo, essa técnica não era inteiramente satisfatória para nós porque o toque prolongado do telefone começa a dar nos nervos. É um homem duro e determinado aquele que não sucumbe à tentação de atender. Uma técnica totalmente mais satisfatória era atender a chamada imediatamente, pondo assim um fim à irritação do toque, mas pedir ao interlocutor antes que ele ou ela pudesse pronunciar uma palavra para esperar por um momento: um momento que podia ser estendido quase indefinidamente. E, sendo o nosso Departamento muito grande, era bastante improvável que quem fez a chamada tivesse acessado a pessoa certa para lidar com o seu caso. Se aquele que chamou não tivesse desligado em desespero pelo tempo que tomávamos para retomar a sua chamada de novo, era possível mantê-lo na espera por um período a mais enquanto nós supostamente tentávamos conectá-lo à pessoa certa. O sujeito esperaria ao pé de seu telefone, sem saber se ele tinha sido cortado ou não, até concluir que tinha sido cortado e, assim, desligasse por si mesmo. Mais uma dúvida ou queixa tratada de maneira satisfatória, do nosso ponto de vista.

Era, é claro, particularmente gratificante usar esses métodos quando o sujeito que chamava, não tendo seu próprio telefone, estava em uma cabine pública, pois sabíamos que nesse caso ele tinha gastado suas moedas assiduamente coletadas em vários minutos de silêncio, e que lhe tomaria um tempo considerável e muito esforço para juntar tantas moedas de novo para uma tentativa posterior de contatar o Departamento.

Acaso vocês concluem disso que a equipe do Departamento era feita de tontos e patifes? A primeira suposição eu estou disposto a lhes conceder, com muito poucas exceções: na hora do almoço, eles só falavam de futebol e sobre o que haviam assistido na televisão na noite anterior, ou o que assistiriam logo mais à noite. Mas que ninguém presuma julgá-los de um ponto de vista moral se jamais teve de lidar com o povo *en masse*, dia após dia e ano após ano. Pois quando você trabalha com o povo é que você aprende a apreciar objetos: sendo os artefatos do Homem, como eu disse antes, tão mais admiráveis do que o próprio Homem.

Sim, senhoras e senhores, o Homem é um canalha. Ele é um trapaceiro, um ladrão, um mentiroso, um porco, um tolo, um dissimulado, um puxa-saco, um cafajeste que bate em sua mulher, um palerma, um vândalo, um paspalho, um inepto, um boçal, um vagabundo, um asno, um valentão, um covarde, um bêbado, um larápio e um chorão hipócrita: em resumo, escória.

Você foi longe demais, protestam vocês, você exagera, ou ao menos generaliza indevidamente. Mas quem de nós, respondo eu, tem mais experiência da raça humana: vocês, que não encontram ninguém salvo os membros da sua própria classe, ou eu, que encontrava trinta pessoas por dia por vinte anos, somando mais de cento e cinquenta mil ao todo? Quem de nós fala com mais autoridade sobre o tema da raça humana, da natureza humana?

Por causa dessa natureza em si, as extraordinárias distâncias que o pessoal do Departamento estava disposto a percorrer para evitar exemplos individuais da espécie eram nada surpreendentes, de fato previsíveis. Quando um rato é confrontado com o perigo, ele congela e começa a lamber suas patas; quando um burocrata é confrontado com o povo, ele organiza uma reunião. Se ao menos os meus assim chamados colegas do Departamento (que geralmente se mantinham longe de mim por causa de meu intelecto largo e língua afiada, mas que, assim como meus vizinhos, afetaram o mais íntimo conhecimento sobre mim após a minha prisão, sendo o seu breve momento com um repórter da televisão o ponto mais alto de suas vidas atrofiadas) – se ao menos, dizia eu, eles tivessem sido capazes de admitir a sua repugnância pela humanidade e seu desgosto por ela, quão mais contentes, quão menos atormentados eles teriam sido. Em vez disso, claro, eles tinham de fingir amar esta humanidade de vocês, ou mesmo pior, servi-la incansavelmente. A própria humanidade, eles eram obrigados a dizer, é boa, e somente as circunstâncias na qual ela se encontra, criadas pelo Estado, são más. (Com isso, eles queriam dizer *au fond* que seus salários eram curtos demais.) Como mencionei antes, não reconhecer os seus próprios sentimentos, na verdade girá-los para o seu direto oposto, é sempre perigoso: e suprimi-los permanentemente dessa maneira leva, mais cedo ou mais tarde, a comportamentos distorcidos e, como dizem os psicólogos em seu desejo de mistificar o óbvio, disfuncionais.

Ninguém pode verdadeira e honestamente pensar que a humanidade é boa após trabalhar uma semana (deixe estar um ano ou um quarto de século) no Departamento sem praticar a violência mais extrema às suas percepções imediatas. E somente uma pessoa sem qualquer juízo ou sensibilidade em absoluto poderia deixar de sentir apaixonadamente aversão pela humanidade após tal semana. De fato, o sujeito precisaria ser profundamente depravado em seus gostos para gostar dela após qualquer contato íntimo.

Naturalmente, meus superiores no Departamento haviam sido treinados na universidade para negar o óbvio, para afirmar o improvável e defender o indefensável, com todos os argumentos sofisticados à sua disposição. Eles – meus superiores – podiam negar a mão diante de suas caras, enquanto se compraziam em teorizações que não tinham qualquer relação concebível com a realidade. Além disso, tendo atingido sua promoção o mais rápido possível, graças às suas assim chamadas qualificações, eles se retiravam de todo contato com o público a que fingiam servir, possibilitando-lhes, assim, manter as suas ilusões. Se você fosse a eles com um exemplo particularmente egrégio de comportamento vil por um membro do público, eles punham as pontas dos dedos de suas duas mãos juntas como em uma oração, adotavam um tom de voz teatralmente compassivo e lhe diziam que o que você precisava se lembrar era de que essas pessoas (o público) eram desprivilegiadas, que nunca haviam tido oportunidade de sucesso na vida, que eram muito pobres, que a maioria delas vinha de contextos instáveis e lares despedaçados, que muitas delas sequer sabiam quem era seu pai, que elas muito provavelmente haviam crescido em uma atmosfera de violência na qual as pessoas pegavam o que queriam agarrando ou tomando à força de outros, que eram mal instruídas porque as escolas eram pessimamente financiadas e tinham goteiras nos tetos (apesar de sua suposta educação superior, meus superiores sempre diziam *nos teto*), que elas estiveram desempregadas por muitos anos e não tinham esperança de serem empregadas, graças às políticas econômicas do governo, e que suas vidas eram tediosas e miseráveis: em resumo, que o comportamento vil era um sintoma de condições sociais vis.

Poder-se-ia pensar que meus superiores eram missionários, de tão compreensivos e compassivos frente aos pecados do público. Mas, bastava que eles pegassem um de nós voltando dez minutos atrasado do almoço, para ver o quão compreensivos eles eram, estes autodesignados guardiões da compaixão! Eles não se importavam sequer se a razão para o nosso atraso fosse o comparecimento ao funeral de um amigo nosso ou parente mais próximo. A razão para a sua meticulosidade sobre as nossas horas de trabalho não era difícil de adivinhar: eles gastavam metade do seu dia com o pé na mesa, lendo jornal.

Pelo modo como falavam ao público – nosso *clientes*, como eles insistiam para que nós os chamássemos, embora estes não nos pagassem nada e fossem radicalmente impotentes em suas relações conosco –, vocês teriam pensado que eles não eram tão plenamente humanos, como eram os escalões superiores do próprio Departamento, mas eram autômatos cuja pavorosa conduta registrava seus infortúnios do mesmo modo que a retração do pseudópode de uma ameba registra algo nocivo na água ao seu redor. Quando eles – o público, nossos *clientes* – nos xingavam, era porque não conheciam nenhuma outra linguagem com a qual pudessem expressar a si mesmos ou aos seus assim chamados sentimentos; quando nos ameaçavam com violência, era porque a sociedade na qual eles viviam era violenta. A culpa nunca era deles, e sim somente do sistema: e somente uma revolução colocaria as coisas no seu devido lugar, mas, até lá, os escalões superiores do Departamento continuariam a extrair seus salários grosseiramente inflados, ao menos até que chegasse o momento de extrair suas aposentadorias grosseiramente infladas.

Como posso lhes descrever nossos "clientes" sem atrair a mim mais uma vez a acusação de exageração, uma acusação tão facilmente disparada por pessoas sem absolutamente nenhuma experiência?

Para começar, eles eram fisicamente repulsivos, cada um deles. Seus dentes eram em geral podres, meros pinos pretos sarapintados quando chegavam lá pelos seus trinta anos. Bom, vocês dirão, em seus tons complacentes de classe média com uma compaixão intelectualizada, mas não sentida, eles não podiam pagar a consulta com dentistas. Papo-furado! Eu visitei centenas das suas casas, literalmente centenas, para inspecioná-las em razão da umidade ou do barulho do vizinho sobre os quais reclamavam, e praticamente em nenhuma delas faltavam um aparelho de DVD e de CD, frequentemente os modelos mais recentes e sofisticados, e a maioria tinha computadores com os quais podia desperdiçar seus momentos de ócio, quer dizer toda a sua vida acordada, matando marcianos que transbordavam na sua direção na tela ao som de uma musiquinha repetitiva. Roubadas, dirão vocês: todas essas geringonças eram roubadas, e não eram, portanto, indicativas de uma escolha genuína. Bem, eu ainda estou para ouvir sobre alguém que rouba para pagar por um dentista; além disso, pergunto eu, como pode ser que os bares estejam cheios noite após noite, com cerveja a mais de três libras o caneco? Não, senhoras e senhores, eles não vão aos dentistas porque eles escolhem não ir, e porque eles são improvidentes demais para fazê-lo.

Eles são repulsivamente gordos ou magros e macilentos – exceto, digo, pelos rapazes psicopatas que gastam metade de suas vidas na academia de ginástica entrando em forma para mais violência. Mas, se eles são gordos demais, dizem vocês, é porque comem porcarias demais, e, se são magros demais, é por causa do fumo contínuo. Em ambos os casos, isso demonstra a pressão constante sob a qual eles vivem. Mas que pressão, pergunto eu, pode fazer um homem – com uma infinidade de tempo em suas mãos, diga-se de passagem, pois ele não trabalha, não trabalhou e não tem intenção de em algum momento trabalhar – comprar salgadinhos e chocolates em vez de alface e lentilhas? Quanto ao fumo, eu não quero ouvir o nonsense rançoso sobre a influência da propaganda de cigarros sobre eles: *eu* jamais fumei, e eu vi no mínimo a mesma quantidade de anúncios que eles.

E por que eles não se lavam? A água corre da torneira para os ricos e para os pobres, e o sabão é tão barato hoje em dia que mesmo o mais pobre entre os pobres pode comprá-lo. O mesmo vale para as suas roupas, que estão sempre como se eles as tivessem usado como jogo americano para as suas comidas, e que fedem a suor e infecção cutânea. O detergente, no fim das contas, é mais barato que cerveja ou cigarros.

Quanto às condições nas quais eles escolhem viver, são deploráveis. Eu digo "escolhem viver" deliberadamente, porque não há razão, outra que a pura preguiça e desleixo, pela qual as suas habitações devam ser tão sujas, negligenciadas e manchadas com todas as manchas concebíveis. Roupas amarrotadas e não lavadas estão jogadas por toda parte, raramente empilhadas, mas espalhadas como tinta em uma tela da arte assim chamada moderna; o chão está sempre coberto com detritos do dia a dia, com migalhas e camisinhas, acumulados sem qualquer arrumação por semanas e meses; a louça suja é largada até que uma escória bolorenta flutue sobre as borras das xícaras; um cachorro urinou no sofá, ou uma cadela deu à luz uns filhotinhos nele; um grande vidro da janela está quebrado e foi substituído por um arremedo de tapume. Mas, em todas essas casas – com mais ou menos um ou dois bebês ilegítimos –, há um canto em ordem, arrumado quase com reverência religiosa. Eu me refiro, é claro, ao canto no qual estão a televisão e o aparelho de DVD (sempre ligados, nem é preciso dizer), acesos como um oratório ou um ícone em um *izba* de um camponês russo. E cada peça da mobília aponta para o canto sagrado: pois é o centro da miserável existência desse lar.

E daí, perguntam vocês? Uma pessoa desempregada precisa ocupar o seu tempo de algum modo, como qualquer um. Este é precisamente o ponto, senhoras e senhores, que eu queria sugerir: a televisão ocupa as suas mentes. Não é uma coincidência que a minha metáfora tenha sido militar, pois todo o resto é literalmente expulso, em fuga, de suas mentes, por menores que elas tenham sido no começo, para ser substituído pela baboseira inconsequente com a qual as emissoras de televisão (ou seus acionistas) lucram. Sempre que eu visitava essas casas, para inspecionar o bolor que supostamente estava se alastrando pelas paredes (nunca estava) ou o teto que supostamente estava com goteiras (somente as avarias que podiam ser atribuídas ao proprietário lhes interessava), eu pedia ao querelante que desligasse a sua televisão: mas, em muito mais do que em nove casos a cada dez, e vocês têm a minha garantia pessoal de que eu não estou exagerando mais aqui do que em qualquer outro lugar em minha narrativa, desligar a televisão significava para eles não mais do que reduzir o volume do seu som. E era inútil tentar manter uma conversação com eles enquanto a tela estava cintilando silenciosamente no canto: eles ficavam mesmerizados, atônitos, estupefatos, enfeitiçados por ela. Eles haviam atingido aquele estado da existência que os zen-budistas chamam *Sem mente*: e, se vocês lhes perguntassem o que eles haviam acabado de assistir, não eram capazes de contar, por nada nesse mundo.

Eu tentei evitar tais visitas, por razões óbvias. Nossas moradias públicas não são agradáveis, e perambular por esses lugares é arriscado e mesmo perigoso. Todas as áreas comuns (como nós no negócio imobiliário as chamamos) estão profundamente impregnadas com a urina de sábado à noite, quando os inquilinos e seus amigos não conseguem esperar até chegar à privacidade das suas próprias latrinas para aliviarem suas bexigas cheias de cerveja. Tudo o que pode ser quebrado foi quebrado; pichações obscenas cobrem os muros. E, é claro, há sempre a deliciosa possibilidade de ser abordado por uma das muitas gangues locais.

Ah, as coisas que eu descobri nos conjuntos habitacionais! Havia uma "clínica" para circuncisão feminina na William Cobbett Tower tocada por um médico sudanês não licenciado, para não dizer nada das orgias necrofílicas de cheiração de cola que eu exumei na Ruskin House. Nenhuma depravação é suficientemente depravada para uma moradia pública britânica, senhoras e senhores. E todo mundo nos conjuntos habitacionais vive num terror abjeto de seus próximos. Este é um mundo no qual o homem mais violento e inescrupuloso sempre leva a melhor, no qual todos os outros têm medo de meter o seu nariz para fora de casa mesmo à luz do dia, mas no qual ficar em casa não é tampouco garantia de segurança. Não que muitos dos inquilinos queiram de todo modo se aventurar fora: pois não há nada lá que possa competir em interesse, ou ao menos em poder hipnótico, com as imagens cintilantes e lépidas das suas televisões.

Em média, meus "clientes" assistiam a doze horas de televisão por dia. Pode isso ser chamado propriamente uma vida humana? Não parece algo mais com a vida daqueles famosos ratos de laboratório que tiveram eletrodos cirurgicamente implantados nos centros de prazer dos seus cérebros, resultando disso que eles apertavam o botão para estimular o eletrodo à exclusão de qualquer outra atividade, mesmo comer e beber, até morrerem de exaustão ou inanição? Seria a vida dos meus "clientes' digna de seguir adiante? Acaso os antigos não entendiam que a única vida digna de ser vivida era a vida da mente? Eu não nego as necessidades do corpo, senhoras e senhores: mas elas deveriam ser satisfeitas somente para que o intelecto seja libertado para pairar pelos reinos da especulação. Na terra, escreveu Sir William Hamilton em suas *Lições sobre Metafísica e Lógica* [Lectures on Metaphysics and Logic] (na coleção reservada da biblioteca pública), não há nada grande exceto o homem; no homem, não há nada grande exceto a mente.

E assim os meus "clientes" eram indistinguíveis (exceto em um aspecto, que virá no devido tempo) dos animais, de meras bestas. Suas mentes estavam vazias, eles assistiam à televisão como ovelhas comem grama. Mas, diferentemente das ovelhas, não tinham qualquer serventia para os outros. Eles não produziam nada, não davam prazer a ninguém. Eu não concordo, é claro, com o modo como as ovelhas e outros animais são criados puramente para o prazer do Homem, para serem massacrados à sua conveniência; mas isso não afeta a lógica do meu argumento, que é o de que a ovelha, mesmo criada artificialmente e maltratada, tem um propósito e serve a um fim, embora este seja vergonhoso.

Que valor tinham os meus "clientes"? Na minha opinião, eles tinham um *valor negativo*, se vocês me permitem um neologismo. Eles eram parasitas, que consumiam sem produzir. Eles absorviam tudo o que lhes era fornecido como uma esponja, mas uma esponja com uma qualidade especial:

nunca podia ser saturada. Eles comiam e se vestiam às custas públicas: assim eles elevavam os preços das commodities para o resto de nós. Eles eram a razão pela qual devíamos pagar impostos tão extravagantes, e pela qual eu precisava trabalhar um terço do meu tempo (ou receber somente dois terços de meus rendimentos, não me importa como vocês queiram colocar a questão) para sustentar sua existência imprestável. E não só eles recebiam dinheiro que não fizeram nada por merecer, mas também tinham luxo – do qual eu nunca gozei – de fazer o que bem entendessem o dia inteiro. Eles não precisavam aturar o purgatório diário de acordar enquanto ainda estavam cansados, de executar uma tarefa que lhes era odiosa: não, quando eles acordavam, geralmente às onze da manhã, eles cambaleavam até a televisão para ligá-la e tateavam por um cigarro para enfiar nas suas bocas. Eles não precisavam sequer se vestir se não quisessem, e geralmente não o faziam: às três da tarde, metade deles ainda estava vestida com o que haviam usado para dormir.

Mas, se você os considera tão afortunados, perguntam vocês, por que você não se uniu a eles? Não é tão fácil se unir a esta nova aristocracia, esta nova classe ociosa. Se eu tivesse pedido demissão, senhoras e senhores, o Estado teria dito que eu voluntariamente me fiz desempregado, e assim teria me concedido somente a merreca de uma merreca; e mesmo isso eles tornariam condicional à minha aceitação do primeiro emprego que eles me oferecessem, o qual, em razão de minha ficha de emprego exemplar, teria surgido logo após a minha demissão. Não, você precisa nascer na nova classe ociosa. É uma verdadeira aristocracia, e meu erro foi conseguir um emprego em primeiro lugar, o que me pôs na esteira da qual não há escapatória.

Mas não era só no consumo daquilo que não produziam que os meus "cliente" eram nocivos. Além disso, eram violentos e criminosos: se não eles mesmos, então por meio de sua prole. Muitos deles, com efeito, encorajavam os seus filhos à criminalidade, enviando-os à rua para roubar e furtar, porque eles sabiam que a lei é tão leniente e terna em relação às crianças que não faria nada para puni-los. Não havia, na verdade, quaisquer razões práticas ou prudenciais para que essas crianças *não* roubassem.

Vocês perguntam se eu alguma vez fui vítima de um crime, para que eu me ressentisse tanto a esse respeito. Aqui mais uma vez vocês exibem a superficialidade do seu pensamento, o hábito de somente olhar as aparências. Passemos em silêncio pela questão sobre se minha casa foi alguma vez arrombada ou meu carro foi roubado: com efeito, assumamos em nome da argumentação que nenhuma dessas coisas jamais tenha acontecido comigo. Mas, como todo mundo, eu devo pagar o seguro: e o nível das franquias é determinado pelo nível das ocorrências. Não é preciso grandes luzes para se dar conta de que um alto número de crimes levará a um alto número de ocorrências, e daí diretamente a altas franquias. Nenhuma apólice de seguro é uma ilha, sozinha e suficiente. Portanto, não procures por quem o ladrão rouba: ele rouba de ti. (Adaptado de Donne.) Além do mais, ninguém pode acreditar que os efeitos de um roubo na rua ou em uma casa estejam confinados somente à perda da propriedade: o modo como se vê o mundo muda para sempre depois disso.

A que fim toda essa preguiça, passividade e inatividade de um lado, e criminalidade frenética do outro, é empregada? Será para viver uma vida socrática de investigação? Não, é para gozar uma existência puramente animal completamente carente da atividade cerebral que faz com que o Homem seja verdadeiramente Humano. Ao matar tais seres, não se está realmente destruindo de modo algum a vida humana: além disso, isso reduz a carga dos custos públicos que sobrecarregam tão pesadamente o resto de nós.

Capítulo 10

Ainda assim, protestam vocês, não foi eutanásia o que você cometeu (e do que foi acusado), mas assassinato. Afinal de contas, as pessoas que você chama seus clientes não pediram a morte; e, se tivesse sido perguntado a elas, provavelmente não a teriam desejado.

Porém, um porco ou uma vaca também não querem a morte, respondo eu, ainda assim vocês os matam, ou permitem que sejam mortos em seu benefício. Talvez vocês objetem que um porco ou uma vaca não podem expressar em palavras seu desejo de não morrer e, portanto, não podemos saber se eles têm objeções à morte, ou mesmo se têm um conceito de morte — ao que eu respondo duas coisas: primeiro, um bebê ou uma criancinha também não são capazes de se opor com palavras à sua própria morte, mas vocês ainda assumem que é errado matá-los. E, segundo, um porco exprime com perfeita clareza a sua objeção a ter sua garganta cortada se lhe derem uma chance de fazê-lo, não em palavras, admito, mas por sequências de outras ações não verbais. Todas as leis contra a crueldade em relação aos animais têm como prerrogativa a observação do senso comum de que animais podem sofrer e manifestar os seus sentimentos sem o intermediário da linguagem.

O ponto que quero sugerir, senhoras e senhores, é o seguinte: a mera expressão por um ser vivo de um desejo de não morrer jamais foi tomada como uma razão suficiente em si mesma para não o matar.

Espere um momento, vocês dizem, orgulhosamente supondo que me apanharam em uma contradição. Agora mesmo você estava oferecendo objeções aos assassinatos dos porcos: agora você está usando o fato de que porcos são mortos para demonstrar a permissibilidade do assassinato em geral. Com certeza, você está se contradizendo?

De modo algum. Eu não fiz objeções ao assassinato dos porcos em quaisquer ou todas as circunstâncias concebíveis, somente quando o propósito é fazê-lo para satisfazer temporariamente a insalubre luxúria gustativa por carne (insalubre tanto física quanto espiritual), especialmente entre aqueles que se recusam a participar eles mesmos do negócio sujo e degradante de matar. Eu nunca sustentei que porcos têm um direito à vida que se sobreponha a todas as outras possíveis considerações. Eu não apoio a causa do Decreto de Liberação Porcina, se existe algum, e nunca tive a intenção de ir à fazenda de porcos mais próxima para libertar todos eles, em parte porque, se o fizesse, eu forneceria à vizinhança uma razão legítima para matá-los. Sim, se os porcos viessem a se tornar uma peste, se invadissem as nossas casas, digamos, e roubassem nossos carros, ou nos atacassem nas ruas, pelas quais eles perambulassem em bandos tornando-as inseguras à noite, eu seria o primeiro a conclamar a sua eliminação. Se eles cobrissem nossos muros com pichações, se eles roubassem as aposentadorias de velhinhas na frente dos correios, se eles tocassem música tão alto que o chão sobre nossos pés começasse a tremer e os dedos formigassem desagradavelmente, se eles estraçalhassem janelas por mera diversão e ganissem obscenidades no volume mais alto de suas vozes estridentes, se eles roubassem lojas e contrabandeassem bens roubados, se eles urinassem onde quer que estivessem e especialmente nas entradas das casas e dos edifícios, se eles se metessem em brigas depravadas nos bares e, depois, exigissem representação legal gratuita, se eles gastassem dois terços da sua vida na frente da televisão e se eles concebessem constantemente e dessem à luz porquinhos sem a menor consideração sobre como fariam para sustentá-los e criá-los, então, senhoras e senhores, não haveria ninguém mais antiporcos do que eu. Ao contrário, eu fundaria um comitê de justiceiros, para proteger a sociedade das depredações dessas criaturas asquerosas.

    Não obstante, vocês se agarram severamente – e, se me permitem dizer, obstinadamente, com a persistência de um homem que não está acostumado à argumentação lógica – ao seu preconceito de que os desejos de um homem sempre deveriam ser respeitados: ele não deseja morrer, logo não deveria ser morto.

    Eu já examinei a questão das mortes em tempos de guerra e como a resposta de vocês demonstrou que aquilo que vocês chamam seus princípios morais são atualmente meros preconceitos não examinados. O fato puro e simples é que o desejo de não morrer de todos os indivíduos em exércitos inimigos jamais impediu ninguém de os matar, ou salvou uma única vida. Independentemente da legitimidade de se matar na guerra, no entanto, eu examinarei agora o seu suposto princípio de que somos obrigados, diante dos desejos de um homem, a respeitar e consentir (em geral, eu não gosto de terminar frases com verbos, mas, no caso presente, não tenho alternativa).

É uma verdade inescapável que milhões de pessoas – não, dezenas e centenas de milhões – têm seus desejos sobrepujados todos os dias, não uma vez, mas diversas, de fato muitas vezes. Eu gostaria de deixar o meu trabalho e ir às compras – eu não posso. Eu gostaria de beber champanhe todo dia – eu não posso.

Exemplos triviais, vocês dizem. Mas, vocês continuam, o próprio direito à vida é uma precondição à realização de todos os outros desejos (exceto o de morrer, é claro). E, então, vocês se reclinam na cadeira com uma expressão presunçosa na sua cara de *quod erat demonstrandum* (Euclides: seria cansativo citar no grego original antigo, que eu de todo modo admito estar além das minhas capacidades).

Agora eu amassarei a sua complacência um pouco. Há muitos outros desejos além daquele de viver que são anteriores à satisfação de ainda outros desejos, e, mesmo assim, eles não são satisfeitos ou correspondidos de nenhum modo especial. Por exemplo, toda a minha vida eu desejei muitas coisas que demandavam mais que o dinheiro de que eu dispunha: mas ninguém jamais sugeriu que deveriam me dar ou pagar mais dinheiro para que meus desejos subsidiários fossem satisfeitos.

Meu ponto é logicamente simples e irrefutável: aquilo que desejamos e aquilo que recebemos são, inevitavelmente, bastante distintos.

Assim, eu cheguei à conclusão (pois eu pensei muito sobre isso) de que, em primeiro lugar, era moralmente permissível eliminar meus "clientes" e, em segundo, que era obrigatório, até onde alcançavam meus meios e capacidades, buscar esse grande benefício público.

Há, no entanto, uma diferença entre a teoria e a prática, como os observadores do nosso sistema de governo terão notado, e há sempre uma relutância em obedecer aos ditames e à convicção da consciência. Quantos cristãos amam seus próximos como a si mesmos, para não falar de seus inimigos? Quantos socialistas cedem a sua propriedade àqueles menos dotados do que eles com os bens deste mundo ou a doam ao governo (como é permitido pela lei)? Sem dúvida, todas as autoridades teriam ficado muito mais felizes se eu tivesse continuado a ser um fracote hipócrita, incapaz de agir segundo meus princípios. Um bom exemplo é sempre assustador. Por sorte, meu contato diário com meus "clientes" galvanizou minha resolução. Pois eles chegavam todos os dias com suas demandas especiosas, fátuas ou arrogantes, e se tornavam desagradáveis ou venais quando eram recusadas.

Na alocação das moradias públicas em Eastham, havia (e ainda há, suponho) um sistema de pontos: um candidato precisava atingir mil e duzentos pontos para alcançar o topo da lista. Desemprego valia sessenta pontos; viver sozinho, outros quarenta. Um filho ilegítimo sem suporte paterno valia quarenta, enquanto um segundo filho como este valia cinquenta. Alcoolismo, dependência de drogas ou registro criminal valiam cada um sessenta, e, para os membros de um grupo minoritário, o valor era o mesmo. É desnecessário continuar com essa enumeração, porque, se até agora você ainda não captou o princípio sobre o qual ela se apoia, jamais o fará. Um ano na lista de espera, diga-se de passagem, valia vinte pontos: em outras palavras, uma pessoa que apenas queria uma casa do Conselho precisaria esperar sessenta anos na ausência de qualquer outro fator operando em seu favor.

Eis como a coisa deveria funcionar: infelizmente, todas as instituições humanas são falíveis. Dois fatores atuavam para distorcê-la. O primeiro era a influência dos conselheiros e dos nossos chefes, que desciam com instruções de que para tais e quais pessoas era preciso encontrar alguma moradia imediatamente, sem atraso, fosse qual fosse sua ostensiva falta de qualificações de acordo com o sistema de pontos, falta esta que não contava para nada perante sua familiaridade ou relacionamento com os conselheiros ou chefes. E a segunda distorção derivava da conduta dos próprios "clientes".

Aqueles conhecidos como canais normais, talvez seja desnecessário explicar, não são torrenciais em sua velocidade. Eu soube de casos que não foram concluídos, como nós burocratas dizemos, por quinze anos. Essa dilação não era nem mais (nem menos) do que os "clientes" mereciam, obviamente, mas alguns deles tinham visões diferentes, e equivocadas, quanto aos seus próprios justos merecimentos. Eles ficavam cada vez mais impacientes com o que consideravam uma negação de seus direitos, e logo recorriam a outros meios que o preenchimento de formulários para se assegurarem. Eu deveria talvez mencionar aqui que havia um procedimento-padrão para perder a primeira cópia do formulário de requerimento que um "cliente" preenchia, e, então, negar qualquer ciência de alguma vez tê-lo recebido. Isso logo clivava os candidatos sérios daqueles que estavam meramente entediados e não tinham nada para fazer: os últimos desistiam após uma única tentativa. (Eu não digo que houvesse sempre uma política oficial, deitada no papel, de perder o primeiro formulário: mas acontecia tão regular e frequentemente em comparação ao número de vezes que o segundo formulário era perdido que não se podia considerar um acidente.)

Eu confio que vocês não sucumbirão ao vício quintessencialmente inglês (sentimentalidade, que é a homenagem que a indiferença presta ao sentimento, uma sutil – creio eu – a adaptação de uma máxima de La Rochefoucauld, quer dizer que *L'hypocrisie est un hommage que le vice rend à la vertu* – a hipocrisia é uma homenagem que o vício presta à virtude) e começarão a afetar comiseração, ao menos em teoria, por nossos "clientes". A questão importante é manter claro em sua mente que essas pessoas não tinham moralmente direito a nada, absolutamente nada. Todos os outros fatos do caso empalidecem em insignificância se comparados a este fato cardeal.

Mas para retornar àqueles que não ficavam satisfeitos com os canais normais ou através deles: eles recorriam aos meios que viam triunfar todos os dias ao seu redor, a saber a ameaça de violência. Eles estavam preparados para usar violência real, também: pois toda mãe solteira tinha a reboque se não o pai de seus filhos ou o último padrasto deles, ao menos algum homem conhecido cujos poderes de persuasão restavam em seus punhos, em sua faca ou em seu bastão de beisebol. Elas – as mães solteiras – estavam frequentemente na linha de chegada desses punhos, mas isso não fazia com que se voltassem contra seu uso como um método: ao contrário, elas só queriam voltá-los para outra direção.

E assim, quando a demanda dessas candidatas era recusada, ou os seus desejos não eram correspondidos imediatamente, elas traziam ao Departamento os seus amantes violentos que, como primeira medida, fulguravam ameaçadoramente diante do empregado do Departamento que estava lidando com o caso. Entre eles, deixavam claro que, se acaso encontrassem aquele empregado fora da repartição – e eles tinham todo o tempo do mundo para esperar –, ele se daria mal. Ademais, eles eram capazes de descobrir rapidamente qual era o seu carro: era caro repor pneus e refazer a pintura.

Muitos membros do Departamento foram agredidos por "clientes", dois deles tiveram lesões permanentes. Um deles foi cravado contra um muro por um carro guiado pelo namorado de uma candidata, e suas pernas foram quebradas; o outro foi arremessado de uma escada rolante de um shopping center em uma tarde de sábado, sem que ninguém tivesse vindo em seu socorro antes que o agressor, que gritou xingamentos para ele por um tempo enquanto este sangrava ao pé da escada, fugisse. Este é o mundo em que nós do Departamento vivemos, senhoras e senhores. E, antes que vocês balancem a cabeça, do seu jeito farisaico habitual, para tal brutalidade, permita-me lhes perguntar: vocês teriam ido em socorro de meu colega ou tentariam deter o criminoso? Eu devo acrescentar que o agressor neste último caso tinha um metro e oitenta e tantos de altura, e era um especialista, como são tantos dos nossos psicopatas modernos, nas chamadas artes marciais. Isso, eu sustento, é a consequência de se alimentar tais pessoas ad libitum e não pedir nada delas em retorno: elas têm a força de um touro, o cérebro de um frango e a moral de uma hiena.

Alguém poderá se surpreender de que nessas circunstâncias aquelas candidatas que tinham tais conhecidos, amantes, exatores (chamem como quiser) descobrissem que seus desejos eram correspondidos a passos rápidos, e misteriosamente adquirissem aqueles duzentos pontos que as levavam ao topo da lista de espera? Para alavancar sua pontuação, elas eram "premiadas" com um par de filhos deficientes ou ilegítimos, e encontrava-se uma minoria a qual pertencessem. E, porque haviam sido creditadas (se esta é a palavra que estou buscando) com filhos fantasmas, cuja existência era garantida por sua presença escrita no formulário, era preciso encontrar acomodações para elas com um número suficiente de quartos. O mais inculto entre vocês reconhece Gogol (1802-48) nessa situação.

Nem é preciso dizer, quase, que a polícia não fazia nada para nos proteger contra a violência dos nossos "clientes". A seus olhos, os danos aos nossos carros eram uma ofensa menor contra a propriedade, sequer digna de registro, para não falar de investigação com vistas à detenção do perpetrador. Em vez disso, eles sugeriam que a culpa era nossa, por levarmos nossos carros a uma área tão inclinada ao crime e ao vandalismo, recomendando que, em seu lugar, usássemos o ônibus. Não se vai a um ninho de cobras, como observou um policial que veio falar conosco sobre segurança, para reclamar de picadas de cobra. Nesta frase, ele revelou o que a polícia realmente pensava sobre os moradores da área: menos que mamíferos, deixe estar humanos. Por que então a mesma polícia ao me prender, tendo tardiamente descoberto os corpos de meus subjugados, falou que eu os "assassinei"? Com certeza, teria sido melhor dizer que eu os "abati".

As ameaças feitas contra nós, dizia a polícia, eram infrações da lei tão menores que o inquérito estava fora de questão. E, quanto às próprias agressões, ninguém desejava testemunhar contra um psicopata que, se condenado, seria solto com uma mera advertência a não fazer de novo, ou no máximo uma multa.

Mesmo sem violência, no entanto, eu estava sujeito à mais intensa provocação. Como mais se poderia chamar a proposital e deliberada estupidez de meus "clientes", para não falar de sua grosseria? Cada um deles vinha com uma demanda impossível: ser removido para algum lugar onde pessoas como eles não vivessem. Cada um deles atuava, ou fingia atuar, sob a mesma ilusão, quer dizer, que o Departamento dispunha de acomodações onde vivessem pessoas decentes, onde os vizinhos não fossem totalmente alheios ao conforto uns dos outros e, portanto, não tocassem rock, rap ou reggae a 1 trilhão de decibéis às três da manhã, e onde certamente não quebrassem as costelas de ninguém que ousasse se queixar. Não, onde quer que o Departamento tivesse uma propriedade, havia traficantes e prostitutas nas esquinas, além de estupradores espreitando nas sombras.

A cada dia, eu supunha que havia finalmente perscrutado as profundezas da loucura e da depravação humana, mas posteriormente aprendia que essas características humanas eram verdadeiramente insondáveis. No dia em que eu tomei a minha decisão – não sem agonia –, um homem ameaçou me esfaquear no meu caminho para casa.

"Você não vai estar atrás da porra desse vidro pra sempre", rosnou ele pondo a sua cara contra o vidro, de modo que eu pude ver os poros grossos e gordurosos da sua pele, alargados por anos de extrema indulgência alcoólica.

Ele exigia uma casa com três quartos.

"Eu tenho dez cachorros", disse ele. "Você não pode esperar que eu viva pra sempre em um apartamento de um quarto."

Mas isso não conta como uma agressão real, vocês dizem – vocês, que nunca lidaram com o povo como um servidor público, mas só foram servidos. O que, pergunto, vocês condescenderiam em chamar uma agressão? De acordo com a lei, vocês respondem, a agressão (para contar como uma desculpa) deve ser imediata e, também, a reação deve ser sem premeditação, um prato servido quente, e não frio.

Mais uma vez, eu respondo com um argumento duplo: primeiro, que a lei mudou, e, portanto, suas ideias estão desatualizadas, e, segundo, que mesmo que a doutrina da lei tenha permanecido petrificada em sua psicologia antiquada, de fato medieval, eu estou falando nesta obra de responsabilidade moral, não meramente legal.

Hoje, toda pessoa inteligente aceita que a agressão pode ser crônica e aguda. Vocês devem ter lido nos jornais sobre um caso recente no qual a esposa desgraçada de um marido venal o matou enquanto dormia. Desde o início do casamento, ele tinha se comportado com ela com brutalidade exemplar: ela atirou nele enquanto ele roncava. Ela não podia alegar ter atirado em legítima defesa, uma vez que no momento em que o matou ele não apresentava nenhum perigo. Tampouco ela foi agredida no sentido imediato, a menos que o ronco valha por isso. Ainda assim, as cortes aceitaram que ela fora agredida além do suportável, e ela saiu caminhando livre do tribunal para o aplauso autocongratulatório da nação, orgulhosa com a qualidade de sua misericórdia (*O Mercador de Veneza*, Ato 4, Cena 1).

Agora lhe pergunto: o meu caso é muito diferente? É verdade que não fui perseguido por uma única pessoa – em vez disso, fui perseguido por uma classe de pessoas, meus "clientes". E é pior, peço-lhe novamente, ser perseguido por um ou por muitos?

A agressão era constante, incessante e intensa. Vocês insistirão, talvez, que não era física como no caso da assassina feminina escusada: e admito que, mesmo que eu tenha sido ameaçado, de fato eu nunca fui atacado pessoalmente, a menos que vocês contem murros no guichê ou o arremesso de canetas e qualquer outro objeto à mão, mas que afortunadamente sempre ricocheteavam no vidro grosso e reforçado que separava os funcionários dos seus "clientes". A distinção entre agressão física e verbal é, em todo caso, falsa e artificial, um outro exemplo de distinção sem uma diferença, como os filósofos dizem. Pois como uma provocação pode ser comunicada senão pela linguagem e por gestos, ambos os eventos integralmente físicos como um soco na cara? Quando eu sugeria que jamais fora atacado fisicamente, eu estava usando, é claro, a linguagem do homem comum filosoficamente ingênuo e inculto.

Mas mesmo se, em prol da discussão, se concedesse validade à distinção entre uma provocação e uma agressão física, há outro ponto a considerar: a lei, nesta instância muito corretamente, embora mais por sorte do que por juízo ou por desejo de fazer justiça, não assume que qualquer agressão física é pior do que uma mera agressão verbal. Um quebra-pau em um boteco leva no máximo a uma multa, mesmo que sangue seja derramado; mas uma ameaça de morte resulta em uma sentença de cinco anos no mínimo. E isso é como deveria ser, já que um quebra-pau, uma vez terminado, provavelmente será esquecido, enquanto uma ameaça perdura na mente, e destrói a paz de espírito da pessoa que a recebe por um longo tempo depois.

E a lei não reconhece a crueldade mental como fundamento para o divórcio? Será o sofrimento físico (eu estou recorrendo mais uma vez à linguagem do homem que vive a vida não examinada, isto é, a imensa maioria) o único tipo que reconhecemos? Eu não estou tentando minimizar o horror da tortura quando digo que alguns dos piores sofrimentos conhecidos do Homem surgem pelo poder da representação mental, e de maneira alguma por agruras físicas ou doença. Um homem pode considerar que a sua vida não é digna de ser vivida, embora ele viva cercado de conforto ou mesmo luxúria (não é o suicídio mais comum entre as classes altas, particularmente entre os médicos?). Por contraste, um homem pode ser devastado pela doença, em dor constante, e, além de tudo, pobre, e ainda assim se agarrar à sua vida como algo precioso. Não, senhoras e senhores, a relação entre sofrimento e aqueles eventos ou processos comumente chamados físicos (como se pudesse haver eventos ou processos de qualquer outro tipo) não é de modo algum um equívoco.

A questão do suicídio entre os médicos merece ser examinada com mais detalhe, pois comporta uma relação com o meu caso. Por que os médicos se matam em números comparativamente tão altos? Porque, você responde com loquacidade, eles sabem como fazer, e, ainda, tem os meios à mão. Vamos, vamos, senhoras e senhores, certamente mesmo vocês pensam em algo melhor do que isso! Nós vivemos cercados por prédios muito altos, e deixá-los pela cobertura ou por uma janela está à disposição de todos sem o exercício de grande engenhosidade ou perseverança. Nossas lojas de produtos químicos estão repletas de substâncias letais em promoção às quais não há absolutamente qualquer restrição, e nós moramos em uma ilha cujas costas são em grande parte formadas por penhascos, que nunca estão a mais de cento e sessenta quilômetros de distância de nós. É fácil arrumar uma corda, e não há edificação no país que não contenha aparatos de onde se possa se pendurar a si mesmo pelo pescoço. O país inteiro é eletrificado, e é preciso tão pouco conhecimento das propriedades da eletricidade para se matar com ela que mesmo nossa população inculta e ignorante deve certamente ser capaz de fazê-lo se assim o quiser. Trens vão e vêm pelo campo a mais de cento e sessenta quilômetros por hora, e é facílimo de acessar os trilhos; aqui há pontes sobre correntes profundas (umas vinte só em Londres) ao alcance de qualquer um. E todas as bibliotecas públicas têm muitos manuais de farmacologia, dos quais se pode extrair instruções implícitas para a autodestruição.

Eu creio ter demonstrado suficientemente que o conhecimento técnico superior e o acesso a drogas não explicam o fenômeno da autodestruição entre os médicos. Não se exige, no fim das contas, grande conhecimento de fisiologia para compreender que a defenestração de cima de vinte andares é deletéria à saúde.

Nem se pode dizer que médicos são, por natureza, homens instáveis, que o germe do suicídio subjaz dormente dentro deles desde uma tenra idade. Ao contrário: a maioria dos extenuantes estudos impostos sobre eles na faculdade de medicina é bastante redundante, perfeitamente inútil do ponto de vista prático, e mais um *rite de passage* ou mesmo um julgamento por provação do que educação propriamente dita. Ninguém pode negar que tais estudos são extenuantes, por mais que sejam sem sentido, e completá-los exige considerável estabilidade psicológica – assim como ambição ardente, esnobismo e ganância, é claro.

Não, o impulso do médico para se matar vem de outro lugar: em resumo, vem de vocês, a sociedade, senhoras e senhores. O contato prolongado e inescapável com a raça humana, da qual vocês são inegavelmente uma parte, com suas exigências frívolas, mas que consomem tempo, sua recusa adamantina de assumir a responsabilidade por si mesmos, seus maus modos, sua falta de higiene pessoal elementar, sua improvidência, seu mau gosto e trivialidade, leva os médicos ao desespero e, portanto, ao suicídio.

Mas há toda uma diferença, dizem vocês, entre se matar e matar os outros. Eu concordo que haja uma diferença, mas não do tipo que você pensa. E esta diferença pode ser reduzida a uma palavra: covardia. Talvez eu devesse ter dito duas, ou mesmo três, palavras: covardia, sentimentalismo e hipocrisia.

"Explique-se!", exigem vocês. Explico. O médico, seja lá qual for a sua ânsia secreta por poder, posição social e assim por diante, deve encobertar toda a sua mentalidade sob um manto de benevolência e filantropia. Mesmo para ser admitido na faculdade de Medicina, ele deve ter uma preocupação não natural pelo bem-estar dos outros, e essa pretensão continua por toda a sua vida profissional. Afinal, se alguém se presta a esse papel por tempo o suficiente, torna-se um componente tão importante de sua personalidade que domina todos os outros; e se, por alguma razão, o sujeito deixa de representá-lo, a personalidade se desintegra por completo.

Então, o médico, para manter a ilusão da sua beneficência universal sobre a qual fundamentou a sua vida, deve fingir (para os outros, mas acima de tudo para si mesmo) que toda pessoa que o consulta, por mais objetável, agressiva, suja ou grosseira que seja, é somente uma alma aflita digna de simpatia que merece sua compaixão. Ele deve negar as aparências e ver no indesejável qualidades de seus pacientes, e não seu mau essencial, mas uma expressão inevitável de alguma outra coisa, seja isso uma doença, uma vida doméstica infeliz, uma renda baixa, ignorância não condenável ou uma falta de inteligência derivada de má nutrição na infância.

A pressão de tentar acreditar em tudo isso prova-se demasiado grande. Eventualmente, o mero peso da aparência sobrepuja as teorias que o médico usa para disfarçar a coisa toda, e o edifício intelectual elaborado, rígido, mas quebradiço que o protegeu contra a realidade se despedaça completamente. Contudo, mesmo nesse último estágio, o médico não pode abandonar por completo seu papel de filantropo universal, pois fazê-lo seria questionar o propósito de todo o seu passado, cujas frustrações e tribulações, longe de terem sido suportadas em razão de um propósito mais elevado, agora parecem ter sido apoiadas pela busca de uma mentira. Dilacerado entre duas *weltanschauungen*, ele não se vinga sobre aqueles que causaram a sua miséria, mas sobre si mesmo.

Creio não ser preciso detalhar as similaridades entre a situação dos médicos e a minha. Eu, também, precisei lidar com as demandas pífias do público dia após dia em nome da benevolência. Eu, também, precisei lidar com as importunações, as bajulações, as ameaças, as mentiras, o analfabetismo do Homem da massa. Mas, diferentemente dos médicos, senhoras e senhores, eu não passei por um longo treino para me despojar da habilidade de perceber a verdade, para mistificar a realidade em nuvens de teorização e negar meus sentimentos mais verdadeiros e íntimos: diferentemente dos médicos, eu não tive o meu autoconhecimento destruído. Eu detestava meus "clientes", e não jogaria o seu jogo me matando. Eu era infeliz; então seria muito melhor – mais honesto, mais racional, mais útil – remover as fontes da minha miséria do que acabar com a minha própria vida.

Mas, vocês objetarão, embora você tenha removido algumas das fontes de sua infelicidade, ainda era somente uma pequena minoria deles que – como você mesmo apontou há não muito tempo – se contavam aos milhares ao longo dos anos. Era improvável que matar quinze (ou vinte e dois, se contarmos aqueles casos ignorados pela polícia) fizesse alguma diferença prática na sua vida. Pois a classe da qual as suas "vítimas" (essa palavra de novo!) foram extraídas é como uma cabeça de hidra.

 Que concepção racionalista rústica da vida vocês têm, senhoras e senhores! Não é o Homem *par excellence* – não é o Homem *par excellence* o ser para quem os símbolos são absolutamente cruciais? Guerras foram travadas por símbolos: e não é uma experiência comum que os homens fiquem mais irritados com palavras do que com as próprias coisas que as palavras supostamente representam?

 Eu não podia, é verdade, esperar eliminar toda a classe dos que me atormentavam, mas certamente me será concedido que as mortes de quinze deles (ou, a fortiori, vinte e dois) teve algum valor simbólico? E de cada homem se pode razoavelmente demandar que faça somente aquilo que está em seu poder fazer. Se todos que tivessem a oportunidade de agir como eu agi o fizessem, o mundo seria bem rapidamente limpo daqueles que Jonathan Swift (antes de enlouquecer, lembremo-nos) tão eloquentemente a acuradamente descreveu como "a mais perniciosa raça de vermezinhos odiosos que a natureza jamais suportou que rastejassem sobre a superfície da terra".

 Foi a provocação sob a qual eu agi que me permitiu alegar circunstâncias atenuantes. Eu admito que tive certos escrúpulos em tal alegação – no caso de ela detratar diante do entendimento público o fato de que eu agi tanto de acordo com a moralidade quanto com um espírito público – mas meu advogado insistiu. Em minha perfeitamente compreensível confusão à época, eu deferi ao seu parecer.

Capítulo 11

O juiz, contudo, se apegou muito ao fato de que eu planejei meus atos com o maior dos cuidados. Como ele esperava que alguém o fizesse de outro modo, eu não sei. Ele dispensou a ideia de que eu fui provocado, e, então, em total contradição consigo mesmo, sugeriu que eu agi por um desejo de vingança. O que isso nos diz, senhoras e senhores, sobre esse intelecto, o muito alardeado intelecto, como se diz, do judiciário inglês? Pois, se eu não fui provocado, o que haveria para vingar?

Nunca disfarcei o fato de que eu desejava punir aqueles que me atormentavam e fazê-los pagar pelo sofrimento que me infligiram – ao menos, eu nunca o disfarcei desde a descoberta dos corpos naquele que os tabloides, com típico exagero, chamaram de meu jardim. Um homem que agiu moralmente desdenha escamotear seus motivos.

Tampouco eu escamoteei o prazer que minhas atividades me conferiram. Eu não digo o assassinato em si: achei-o bastante tedioso e cansativo, de fato. Eu não sou um sádico, tendo superado minhas propensões infantis e adolescentes nessa direção há muito tempo. O mero estrangulamento de minhas "vítimas" não me deu absolutamente nenhum prazer, e a deposição de seus cadáveres foi, francamente, uma tarefa desagradável. Não, meu prazer era outra coisa totalmente mais sutil, rica, mais intelectual e ética em sua natureza: a realização de que o mundo agora continha uma pessoa indigna ao menos para consumir seus escassos recursos para nenhum outro fim ou propósito que o próprio consumo.

Eu admito, no entanto, que a busca da "vítima" e a sua escolha não aconteceram sem seus prazeres, os prazeres da caça. Pois um erro na seleção poderia ser fatal (se me for permitida tal palavra nesse contexto) a todo o empreendimento. Um desafio, então: e quem não gosta de um desafio, ou se ergue por ele?

Eu sempre precisava encontrar uma pessoa com as características certas: alguém que vivesse sozinho, que não tivesse parentes ou os tivesse alienado tanto que todo contato tivesse sido rompido, que estivesse desempregado e que levasse o tipo de existência isolada, tal que o desaparecimento dele ou dela não viesse a ser sequer notado, ou, caso o fosse, viesse a ser atribuído ao desejo de se mudar e não deixar nenhum rastro atrás de si – um desejo bastante comum nessa classe. E, embora minha impressão inicial fosse de que houvesse muitas pessoas como essas à disposição, quando eu examinei a questão mais detidamente, a maioria dos candidatos acabou por mostrar um defeito no meu ponto de vista: uma avó que eles visitavam uma vez a cada dois meses, um velho namorado que aparecia toda vez que saía da cadeia, ou meramente de vez em quando (quando ele precisava de uma refeição ou de intercurso sexual), um vizinho com quem eles tinham uma rixa a qual se tornara a *raison d'être* do vizinho, ou um filho ilegítimo em um internato para perturbados que vinha para casa nos feriados.

Um único errinho podia arruinar meu projeto, portanto precisava proceder com a máxima cautela, o que explica meu relativamente baixo nível de atividade ao longo dos anos, se posso dizer assim. Eu não tinha ilusões quanto à minha habilidade de limpar o mundo inteiramente dos parasitas humanos, mas queria me livrar de tantos quanto fosse possível, o que naturalmente implicava permanecer não detectado por tanto tempo quanto possível, senão indefinidamente. Eu também sabia que era provável que seria capturado no fim, mas estava disposto a encarar esse desafio.

Não era, no entanto, somente uma questão de selecionar os candidatos mais apropriados. De certo modo, a seleção representava a parte mais fácil; como um distribuidor de pontos para a lista de moradia, eu tinha o direito – de fato, o dever – de perguntar aos membros do público as mais íntimas questões relativas às suas vidas. Eu perguntava até mesmo sobre suas práticas sexuais, e eles não achavam estranho ou impertinente. Na ocasião, muitas das minhas "vítimas" estavam grávidas, e estas, por óbvio, davam-me um duplo prazer, na medida em que a prevenção é melhor que a cura. Alguns de vocês talvez achem estranho que uma gestante pudesse preencher meus critérios como candidato (isolamento social, etc.), mas a sua surpresa só demonstra o quão longe estão de compreender a natureza da minha "clientela" ou do mundo em que ela habita: pois engravidar não era naquele mundo mais significativo do que comprar um selo no correio, tomar um ônibus ou mudar o canal de televisão.

Mas selecionar um candidato a ser eliminado em nome do interesse público (lembremo-nos) era uma coisa; levar a cabo a eliminação na prática era outra bem diferente. Primeiro, precisava ganhar a confiança dele ou dela de modo que eu pudesse aliciá-lo ou aliciá-la com segurança – do meu ponto de vista, quero dizer – para a morte dele ou dela. Não era em geral muito difícil: eu só precisava fingir simpatia quanto às suas solicitações e demandas, uma situação em si tão extraordinária e inesperada em um funcionário do Departamento de Habitação que eles baixavam a guarda imediatamente. Tudo o que eu tinha de fazer então era sustentar que, embora o seu caso estivesse indubitavelmente entre os mais aptos que eu jamais vira, o procedimento para atingir o resultado desejado era de tal complexidade que eu não podia esperar completá-lo durante as horas normais de trabalho. Tão profunda, no entanto, era a minha simpatia com a sua causa que, se eles viessem à minha casa à noite, eu poderia completar lá a papelada necessária.

Evidentemente, a pontualidade deles deixava muito a desejar: eles eram, afinal de contas, pessoas para quem o tempo não significava nada, exceto talvez quando se aproximava a hora de um programa de televisão ou de algum pagamento da Seguridade Social. Eles chegavam invariavelmente tarde para o seu compromisso, de modo que eu precisava compensar esta tendência marcando um horário mais cedo do que aquele que eu gostaria que eles chegassem. Às vezes, eles chegavam – talvez "apareciam" fosse um modo melhor de exprimir – em um dia completamente errado. Quando notava isso para eles – gentilmente, pois eu não queria alarmá-los ou espantá-los neste estágio dos procedimentos –, eles não se desculpavam, mas, ao contrário, me forneciam toda uma cascata de desculpas fátuas, todas elas inteiramente egoístas e que não levavam minimamente em conta a conveniência ou o bem-estar de outros como eu. Isso, naturalmente, me reassegurava de que eu tinha escolhido bem meus subjugados.

Não era difícil pôr meus subjugados para dormir com uma bebida batizada com cápsulas que eu conseguira com o médico. Eis a assim chamada perspicácia clínica da profissão médica, que era totalmente incapaz de distinguir entre um verdadeiro insone e um homem que queria usar a sua prescrição para aquietar seus subjugados a fim de que dormissem antes que eles morressem.

Como era de se esperar, o remédio não funcionava imediatamente, sobretudo porque metade dos meus subjugados já o estavam tomando: a insônia é uma consequência comum do tédio de uma existência sem sentido. Havia um perigoso intervalo entre a ingestão do remédio e o sono ao qual ele induzia, durante o qual eu não podia permitir que meus subjugados partissem e que, percebendo depois que sua bebida fora batizada, fossem à polícia com a informação. Embora eu não fosse, e não seja, um homem de violência, eu tinha um taco de beisebol à mão, para impor a força e impedir sua partida. Eles todos estavam bem familiarizados com o uso desse implemento, como eu creio ter mencionado, não como equipamento esportivo – ninguém jogava beisebol em um raio de oitenta quilômetros –, mas como um meio de adquirir propriedade e abrir o seu caminho. Foram eles, com efeito, que me ensinaram o uso de tal taco como arma.

Por sorte, no entanto, eu nunca tive de usá-lo. Imagino que o impacto da madeira sobre o crânio duro, mas frágil, ou no abdome mole como de um verme, teria me parecido desagradável, mesmo revoltante. Não, embora eu não seja um homem social (e há um mundo de diferença entre *não* ser social e ser *anti*social), posso encantar e divertir quando eu quero ou preciso, e consegui manter meus subjugados alegres e contentes até que o sono se apoderasse deles.

Então, chegava um momento difícil – não moralmente difícil, eu já havia estabelecido tudo em minha mente e estava à vontade comigo mesmo, mas fisicamente difícil. Como eu creio já ter mencionado, não sou poderoso ou bem-dotado muscularmente, e admito livremente que eu não imponho presença: eu sou o tipo de homem que pode andar em uma sala sem que ninguém o note. Não surpreende, portanto, que eu não seja especialmente forte, embora eu seja aquilo que chamam de rijo, e a força representa uma vantagem distinta em um estrangulamento. Levar a cabo uma asfixia é mais difícil do que vocês imaginam, e não somente porque, mesmo quando inconsciente, o sujeito opõe alguma luta. Por vezes, acredita-se erroneamente que o sujeito parou de respirar e seu coração parou de bater. Vocês podem acreditar em mim, senhoras e senhores, quando eu digo que dificilmente há uma experiência mais aterradora no mundo do que o súbito retorno à vida de alguém que parecia ter sido estrangulado com sucesso e que, portanto, deveria estar morto. Por sorte, eu mantinha a cabeça no lugar quando seria facílimo perdê-la e, então, fugir em pânico – e um homem menor talvez o tivesse feito. Eu retornava ao combate e, assim, saía vitorioso: e aprendi também a difícil lição de que a morte não é sempre tão facilmente distinguível da vida como se poderia supor.

Restava a parte mais difícil de todas, evidentemente: se livrar do morto. No entanto, este não é o local para entrar em detalhes práticos, pois fazê-lo retiraria a força do meu argumento. Esta é, afinal de contas, uma obra filosófica, e não um manual de faça-você-mesmo. Talvez um dia, quando estiver menos ocupado, eu escreva um guia para se livrar de restos humanos, mas por ora prefiro me limitar a assuntos mais importantes, embora, confesso, abstratos. Eu não estou buscando o interesse ou a diversão daqueles que buscam sensações baratas.

Eu não posso, contudo, me furtar a mencionar a excepcional alegria (a não ser confundida com alívio) que eu sentia uma vez que minha tarefa era consumada. Servir o bem público e libertar-me das inibições de uma vida inteira: eu nunca conheci uma satisfação comparável a essa. Eu sempre dormia profundamente depois.

Mas, quando o juiz disse no meu julgamento que eu agi por um desejo perverso de vingança contra um mundo que me desapontara, seu lábio superior se crispou bem na palavra *vingança*, como se ele não estivesse falando de um desejo universal e inevitável, uma constante humana como a sede, mas de algo desonroso e mesmo repulsivo. Aqui, mais uma vez, senhoras e senhores, vemos o poder formidável do autoengano: pois o que é toda a punição judicial exceto uma forma autorizada de vingança, administrada a sangue frio por aqueles mesmos que não sofreram qualquer ofensa sobre aqueles a quem a vingança recai?

O juiz, na situação improvável de que venha a ler isso, sendo a sua mente firmemente fechada contra toda experiência nova, protestaria vigorosamente que a punição legal é muito mais do que a mera vingança, e sustentaria imediatamente contra toda evidência que ela desempenha muitas funções sociais importantes, entre as quais a proteção da sociedade, a dissuasão, a correção e a reabilitação do malfeitor, etc. E todos vocês acenariam com a cabeça em sinal de aprovação.

Examinemos a questão um pouco mais de perto, senhoras e senhores. Eu não me rebaixarei mencionando de novo – porque seria uma argumentação barata fazê-lo – o último Presidente da Suprema Corte, que viveu e julgou ao longo da minha vida, o qual extraía gratificação sexual ao sentenciar uma pena de morte. Nem serei tão tolo a ponto de negar que a prisão dos reincidentes – de ladrões, digamos – protege, por definição, a sociedade por um tempo de suas depredações. Lembrem-se, eu sou o que eu sempre fui, alguém que busca genuinamente a Verdade.

Mas a prova de que a vingança não é meramente divina, mas um princípio fundamental do direito inglês, reside no tratamento que este último dá àqueles que eu posso denominar (creio) *assassinos domésticos*. Por doméstico, eu quero dizer o assassinato de uma esposa no momento de uma raiva ingovernável, ou ao menos desgovernada, após a descoberta de um adultério ou outra afronta ao *amour propre* do assassino.

Estudos acadêmicos, um após o outro, demonstraram que é improvável que estes homens (pois a maioria deles é homem) jamais cometam outro crime. A maior parte deles, ainda, jamais pensou em cometer um crime antes de ter matado as suas esposas. Assim, a punição como reforma está fora de questão; do mesmo modo, a sociedade não precisa ser protegida deles. Isso deixa a dissuasão e a vingança como dois possíveis motivos para sentenciá-los não somente à prisão, mas à prisão perpétua. Em relação à dissuasão, ninguém jamais conseguiu provar com a mínima evidência que qualquer punição seja lá qual for, mesmo a própria pena de morte, consegue impedir o ato do assassinato. Afinal de contas, se a dissuasão funcionasse, algum homem teria matado suas mulheres? Não estavam as suas paixões no momento do seu ato tão inflamadas que eles já não eram capazes de considerar as consequências de suas próprias ações? Não, senhoras e senhores, um homem não pesa os *prós* e *contras* de matar sua mulher infiel antes de fazê-lo, e somente alguém que não tenha nenhum entendimento sobre as operações do coração humano (uma metáfora, pois eu estou longe de supor que o coração seja efetivamente o repositório das emoções humanas) poderia imaginar que ele o faria. Assim, independentemente das penas, sempre haverá alguns homens que matam suas mulheres, e então o argumento pela prisão como dissuasão colapsa como um castelo de cartas.

O que sobre a: vingança.

Eu já expliquei que o lócus da autoridade moral não pode ser o estado, um princípio estabelecido em Nuremberg. Portanto, se é permitido ao Estado levar a cabo a vingança, deve ser permitido aos cidadãos individuais fazer o mesmo. *A fortiori*, com efeito: pois, enquanto os cidadãos como indivíduos podem verdadeiramente experimentar as emoções reais e genuínas que justificam a vingança, o Estado, sendo uma abstração, não o pode.

De resto, o juiz, ao me atribuir um único motivo, caiu na falácia absurda de que as ações humanas dão uma causa única e final que as explicam excluindo todas as outras explicações. Se eu agia por um desejo de vingança, ele argumentou (ou antes sugeriu), então não podia ter sido motivado também, como eu sempre disse, pelo desejo de desempenhar algum serviço à sociedade. Mas considere, Vossa Excelência – se a alguém tão humilde quanto eu for permitido interpelar por um momento alguém tão importante como você –, seu próprio comportamento: acaso ele tem sempre um, e somente um, motivo? E, se não, se o seu comportamento tem muitos motivos, acaso ele deveria ser sempre, em última análise, atribuído àquele entre esses vários motivos menos digno de crédito? Valha para você o benefício da dúvida, e considere que você ama a justiça e quer vê-la triunfando por toda parte; isso acaso significa que você está obrigado a abrir mão do seu salário para que o seu amor à justiça não seja contaminado pelo amor ao lucro imundo? Não, Vossa Excelência, do mesmo modo como um homem pode amar a justiça e, ainda assim, aceitar ser pago para administrá-la, um homem pode desejar servir à sociedade e se vingar dos que o atormentam.

Tampouco o juiz se restringiu a fazer observações sobre a suposta incompatibilidade dos motivos públicos e privados (como se eles alguma vez pudessem ser desentrelaçados!).

Ele se sentiu livre para fazer reprimendas ao meu caráter em geral. Até onde eu sei, ninguém jamais protestou contra a injustiça natural crassa dessa desigualdade nos direitos conferidos ao juiz e ao réu. Mas, se o caráter de um homem processado pode ser investigado e então traduzido na corte – quer dizer, em público –, então seguramente a justiça natural exige que o caráter do homem conduzindo o julgamento esteja submetido ao mesmo risco. Sem dúvida, vocês responderão com a ficção hipócrita de que o acusado tem a sua voz na corte, ainda que seja vicária, na forma de seu advogado; mas o último joga conforme as regras do jogo, e sua primeira lealdade é em relação ao jogo antes de seu cliente. Com efeito, seu ganha-pão depende de sua obediência a essas regras, por medo de ser expulso do jogo. Não só o advogado do réu deixa de dizer na corte tudo aquilo que ele gostaria de dizer, como também especificamente se recusa a fazê-lo e recorre a ameaças (abandonar o seu caso no meio do processo) caso seu cliente insista em dizer algo que ele não julga recomendável. E as regras do jogo, opacas para todos, exceto os próprios advogados (que é como eles mantêm a sua indispensabilidade, no fim das contas), são especificamente projetadas para impedir que o acusado use de todo tipo de argumento relevante no seu caso, por medo de causar embaraço aos seus acusadores.

O juiz, valendo-se covardemente de sua imunidade ao criticismo, se referiu – com seu lábio superior suspenso e úmido tremendo, como se antecipasse algo realmente saboroso – à minha perversidade deliberada. Eu pude ver vários jurados – não poucos parecendo tão honestos quanto agentes de apostas em uma corrida – acenando com a cabeça ferventemente em aprovação.

Idiotas! Será que não podiam ver que a fórmula *perversidade deliberada* era o produto da animosidade do juiz contra mim – e eis aí a sua suposta neutralidade – ou de um intelecto profundamente empobrecido, apesar de muitos anos de treino ao qual ele supostamente foi submetido? Pois como, pergunto-lhes, poderia a perversidade não ser deliberada? Experimente a fórmula com o sentido oposto: perversidade acidental. Quase todos compreenderão de imediato que, uma vez que tal fórmula é uma contradição em termos, o seu oposto deve conter uma palavra redundante, a saber *deliberada*.

Ora, ou o juiz sabia disso ou não sabia. Se ele sabia, foi culpado de recorrer a um artifício retórico vulgar, e, neste caso, não era uma pessoa moralmente apta a conduzir o meu julgamento (ou o de qualquer outra pessoa).

Se, contudo, ele não sabia, se realmente pensava que o uso da palavra *deliberada* em conexão com perversidade não era supérfluo, então seu intelecto não estava à altura da tarefa de conduzir o julgamento adequadamente. (Não é extraordinário, por sinal, que não haja qualquer exigência em nosso sistema legal de que os jurados tenham ao menos certo nível de inteligência e educação, especialmente em casos como o meu, que não são lineares e que exigem sofisticação filosófica?)

Quando eu mencionei ao meu advogado que em ambos os casos o juiz não era competente para deliberar sobre o destino de outro, quero dizer eu mesmo, e que esta única fórmula dele demonstrava que eu não tinha recebido um julgamento justo, ele permaneceu, ou pretendeu permanecer, indiferente. Isso, observou ele de maneira pernóstica, não era fundamento suficiente para uma apelação tanto contra o veredito quanto contra a sentença: mas, se a incapacidade moral ou intelectual do juiz não é fundamento suficiente, eu gostaria de saber o que é.

E agora eu gostaria de investigar um pouco mais de perto aquilo que o juiz quis dizer, ou pensou que queria dizer, quando usou a palavra *deliberada*. Isso, ao menos, é fácil, eu ouço vocês dizerem: *deliberado* significa *conscientemente, a partir do seu livre-arbítrio*.

Sim, para vocês tudo é claro e fácil, senhoras e senhores. Isso, arrisco-me a dizer, é porque vocês não se dão ao trabalho de pensar muito a fundo, ou de ser críticos de seu próprio quadro conceitual. Talvez vocês aleguem em sua própria defesa a pressão das ocupações cotidianas – trabalho, compras, levar os filhos à escola, pô-los para dormir, e daí por diante. E eu admito que, diferentemente de mim, que gozei dos benefícios do isolamento social e, portanto, de um maior acesso à biblioteca pública, vocês não tiveram todo esse tempo livre, ainda que inicialmente tivessem essa inclinação, o que eu duvido, a examinar as próprias ideias de um ponto de vista filosófico. Mas, sendo esse o caso, eu lhes nego o direito de se alçarem para me julgar ainda que por um instante. Um homem deveria ser julgado por seus pares, e não por seus inferiores intelectuais.

Agora, no entanto, que eu levantei a questão do livre-arbítrio, vocês já não têm desculpas para não a considerar tão profundamente quanto puderem. E eu lhes pergunto agora o que vocês entendem pelas palavras *conscientemente* ou *a partir de seu próprio livre-arbítrio*? Vocês podem escapar pela saída dos covardes e responder que esses conceitos são irredutíveis a quaisquer outros, e, portanto, não suscetíveis de análise posterior: em qual caso eu os congratulo, senhoras e senhores, por terem descoberto – meramente por repetição de seus próprios preconceitos – elementos no universo mais fundamentais do que as menores e mais recentemente descobertas partículas subatômicas. Pois nada tem uma causa final, senhoras e senhores, a menos que seja o próprio Deus (quer dizer, se ele acaso existisse, o que no mínimo está aberto à dúvida) e eu tenho para mim que vocês não consideram que os homens que dispõem de seu precioso assim chamado livre-arbítrio são um monte de deuses, todos iguais ao único Deus, certo?

O que é isso, esse arbítrio que vocês estimam ser livre? Considere o pensamento que está atualmente ocupando sua mente, seja lá qual for. De onde veio ele, vocês o conjuraram a vir à sua mente por um ato de vontade? A resposta deve ser não, senhoras e senhores, porque de outro modo todos os pensamentos que vocês jamais tiveram, têm agora e terão devem estar já presentes em sua consciência simultaneamente, o que quero crer que vocês concordarão ser impossível. Igualmente, vocês reconhecerão que cada um dos seus pensamentos surge de fontes das quais vocês não sabem nada.

Ademais, o pensamento é o pai da ação, ou ao menos de toda ação que está acima do nível de um reflexo pavloviano. Segue-se daí que a fonte de toda as nossas ações deve permanecer desconhecidas para nós. Sendo este o caso, pode alguma ação ser considerada deliberada no sentido que o juiz empregou, ou seja, livre e conscientemente escolhida? E se de novo a resposta for não, pode alguém ser considerado pessoalmente responsável por qualquer coisa? Nenhum de nós sabe porque agimos como agimos, portanto não temos direito de sentar em juízo uns sobre os outros.

De fato, o que são o *Eu* e este *Você* tão incessante, e descuidadamente, invocados? Eu não tenho intenção de fazer uma exibição vulgar de minha erudição, mas é certamente significativo que pelo menos desde Heráclito (suas datas são incertas, mas em todo caso irrelevantes neste contexto) foi notado que não se pode pisar no mesmo rio duas vezes. Heráclito entendia por isso, naturalmente, que no momento em que alguém retornava ao rio no qual pisara uma vez, este teria mudado tanto, seja pelo fluxo de suas águas, pela erosão das margens e do leito, etc., que já não poderia ser chamado o mesmo rio. Alguém, eu admito que esqueci quem, e os carcereiros dificilmente seriam as pessoas certas a se consultar, estendeu o argumento ainda mais à sua conclusão lógica: não se pode pisar no mesmo rio uma vez.

Aplicando o argumento de Heráclito à questão da identidade pessoal, não é evidente que não haja tal identidade como o persistente *Eu* e o persistente *Você*? Tanto a física quanto a fisiologia ensinam que as moléculas que fazem a forma humana estão em constante mutação, e que não há uma única molécula com a qual o organismo humano iniciou a sua vida que permaneça em sua condição ou posição original no momento em que ela aparece, digamos, na corte. E somente uma pessoa de obtusidade peculiar poderia deixar de se dar conta de que o seu argumento vale para períodos muito mais curtos também: quero dizer, a pessoa que aparece na corte não é a mesma que aquela que dizem ter cometido a infração que, graças ao atraso da lei (uma referência oblíqua a *Hamlet*), pode ter acontecido mais de um ano antes.

Vocês porventura argumentarão que a faculdade da memória provê uma base para a estabilidade da identidade pessoal. Frágil resposta, senhoras e senhores! Pois de todas as faculdades da mente (lamentavelmente, é preciso utilizar tais termos inexatos, insubstanciais e não científicos como *mente* se se quer falar qualquer coisa), a memória é a menos confiável. Vocês dizem que a sua identidade pessoal é um fluxo contínuo e inquebrantável desde que atingiram pela primeira vez a idade da consciência, mas nem mesmo o menos honesto entre vocês afirmaria que o fluxo da memória foi desde então contínuo e inquebrantável. Assim, a sua memória não pode valer como garantidora dessa sua preciosa identidade. Com efeito, nada pode.

Eu tenho, evidentemente, mais objeções à memória. Foi conclusivamente estabelecido por experimentação que as pessoas não se lembram o que realmente aconteceu e – pior ainda na perspectiva do seu argumento – alegam se lembrar do que não aconteceu. Testemunhas oculares lembram-se de eventos contraditórios do ponto de vista lógico; e as versões de sua infância que a maior parte das pessoas oferece quando solicitadas a fazê-lo depende mais da imagem de si mesmas que elas querem projetar do que daquilo que elas efetivamente deveriam representar. A memória é o meio pelo qual o passado é distorcido para os propósitos do presente.

Mas mesmo se a memória fosse perfeitamente confiável, senhoras e senhores, ela não estabeleceria e não poderia estabelecer a continuidade da identidade pessoal, mas, ao contrário, o seu oposto. Como assim, vocês perguntam? Porque, com cada momento que passa, o depósito da memória deve crescer, o seu conteúdo deve aumentar; em resumo, mudar. E seguramente eu não preciso apontar que a diferença não pode ser utilizada para estabelecer a identidade.

Eu não sou em geral a favor de fornecer resumos ou recapitulações de um argumento, ou de detalhar suas implicações – esta prática me parece promover a preguiça mental em um leitor. Mas eu desejo ainda menos ser mal compreendido; e, portanto, reafirmo os seguintes pontos:

i. O juiz chamou as minhas ações de deliberadas, quando a própria noção de deliberação era incoerente e intelectualmente inviável; portanto, todas as decisões que ele tomou com base nessa noção eram irracionais, incompetentes e injustas.
ii. O juiz presumiu que a pessoa à sua frente no banco dos réus era a mesma que aquela que supostamente cometeu os assim chamados crimes-objeto do julgamento. Mas isso foi um erro elementar, como eu demonstrei. Assim, a pessoa sentenciada à prisão perpétua, com a recomendação de jamais ser libertada, não era a mesma pessoa que ele presumiu ter matado quinze pessoas inocentes (*sic*). Com efeito, uma pessoa não podia sequer ter cometido as infrações alegadas. Eu tenho, portanto, somente uma questão para vocês, senhoras e senhores: É possível imaginar alguma ofensa maior à justiça natural do que punir um homem pelos supostos crimes de outro?

Capítulo 12

Uma vez que a perversidade deve ser deliberada a fim de ser perversidade, e uma vez que nenhuma ação pode ser deliberada, segue-se, como a noite segue o dia (Polônio em *Hamlet*, Ato 1, Cena 3), que a perversidade é impossível.

Não obstante, o juiz disse que eu me comportei com perversidade, sem temor de ser contradito deste lado da eternidade. Ele gostou de pronunciar a palavra, mas não sabia do que estava falando, apesar de suas maneiras portentosas e a grandiosidade de sua peruca e de sua toga.

Suspendamos, no entanto, a nossa descrença na perversidade por um instante e perguntemo-nos: o que o juiz queria dizer com esta palavra emotiva? Fazer o mal por si mesmo, vocês talvez respondam. Mas eu replico que ninguém jamais se comporta assim, ou ao menos um número tão pequeno de pessoas que o problema da perversidade deve ser reduzido às dimensões de um raro transtorno neurológico, que aflige um em 1 milhão. Qualquer fenômeno humano tão raro deve ser uma doença, e uma de importância menor.

Não, eu jamais quis fazer o mal, mas, ao contrário, sempre tentei realizar meu dever público, ao mesmo tempo desenvolvendo minha própria personalidade ao seu pleno potencial. Vocês podem, talvez, discordar daquilo que eu considerei a ação correta, mas o que é incontestável é que eu não queria causar danos. Eu sou, afinal de contas, a autoridade final quanto àqueles que eram meus desejos: e eles sempre foram honrados.

Mas o que você efetivamente fez foi errado, respondem vocês, independentemente de seus desejos. Não é o pensamento que conta.

Será preciso que eu passe por tudo isso de novo? Quem decide o que é certo e o que é errado? Não existem sociedades cujas ideias são muito diferentes das nossas? Em um país (para tomar um exemplo trivial, mas não obstante ilustrativo), considera-se o cume da má educação comer tudo em seu prato, enquanto em outro tem-se por uma grosseria insuportável deixar qualquer coisa nele. Quando se leu tanto de história e antropologia como eu li, ficamos chocados com a imensa variedade de tudo aquilo que foi tomado por uma conduta moral ao longo dos tempos e através dos continentes. Os astecas sacrificavam trezentos homens de uma vez, e pensavam que estavam fazendo o certo – de fato, jamais lhes ocorreu que deveriam fazer diferente. Quero crer que eu não preciso dar mais exemplos, ainda mais extremos. Ao que parece, portanto, a moralidade é como a beleza, aos olhos daquele que contempla, mas eu não repetirei o epíteto latino por receio de induzir ao tédio, um estado mental que não conduz à avaliação racional dos argumentos filosóficos.

Certamente a moralidade – e, portanto, a culpa e a inocência, devo acrescentar – não pode ser uma mera questão de votos. Se o fosse, algumas das piores condutas na história seriam consideradas morais. E quais votos esperamos, aqueles das vítimas ou de seus agressores? Alguém considera os votos da horda mongol ou dos habitantes de Bagdá quando a primeira a saqueou e a destruiu completamente? As vítimas votam, vocês gritam como que por reflexo. Mas não há razão para supor que as vítimas, como uma categoria, tenham qualquer compreensão especial que faça com que os seus votos sejam mais valiosos – para serem contados em dobro, digamos – do que aqueles de qualquer outro. Minhas "vítimas", ao contrário, eram todas, sem exceção, pessoas cujas vidas eram uma negação da moralidade, enquanto eu, o suposto malfeitor, sempre procurei, ao menos desde a infância, fazer com que o meu comportamento estivesse em conformidade com os ditames da minha consciência.

Há outro modo de conceber a perversidade, no entanto, embora tão sutil que eu não creio que o juiz poderia ter entendido dessa forma. Eu me refiro, é claro, à visão de Sócrates sobre a questão, ou seja, que nenhum homem faz o mal conscientemente, entendendo por isso não que os perversos não sabem o que fazem, mas que não sabem o significado ou o efeito daquilo que fazem.

Mas isso tampouco é coerente, se posso dizer assim. Primeiro, ninguém compreende completamente o efeito daquilo que faz: pois cada ação humana tem consequências que o agente não desejava nem previa ou poderia prever. A história nos oferece inúmeros exemplos do bem oriundo do mal, e vice-versa. Acaso a Capela Sistina não foi erguida em condições de extrema miséria para a imensa maioria dos habitantes de Roma, combinada com a extrema falta de escrúpulos e a patifaria da elite? Quando se trata de não conseguir compreender os efeitos de nossas ações, estamos todos no mesmo barco.

De resto, a ideia em si de não conseguir contemplar suficientemente os efeitos daquilo que fazemos é logicamente autocontraditória, e, portanto, não pode ter qualquer aplicação no mundo real. Sócrates nos diz que a perversidade é uma forma de ignorância, a ser vencida pelo mero pensamento e pela reflexão: mas *ex hypothesi* a pessoa perversa não dá atenção justamente àqueles efeitos de suas ações que são danosos. Em outras palavras, ela *conhece* aquilo do qual deve desviar o seu olhar, o que significa dizer que ela não é ignorante. E então surge naturalmente a questão do porquê este homem ignora os efeitos danosos das suas ações. O círculo está fechado: o homem é perverso porque ele ignora os efeitos de suas ações, e ele ignora o efeito de suas ações porque é perverso. Não se explica absolutamente nada, senhoras e senhores.

Além disso, ninguém pode me acusar de ter desconsiderado as consequências das minhas ações para os outros: eu pensei sobre estes efeitos longa e profundamente. E cheguei à conclusão de que eles seriam totalmente benéficos.

O juiz, claro, espumava de indignação pelo fato de eu ter matado quinze pessoas (como ele supunha de modo tão inexato). Eu os privara de suas vidas, disse ele, sem a menor preocupação com os seus desejos. Ele discursou sobre o inestimável valor da vida humana, embora tenha falhado fragorosamente em enumerar qualquer instância que mostrasse que as vidas daqueles que ele chamou de minhas "vítimas" fossem valiosas. E, quando ele falou da santidade da vida humana, omitiu qualquer menção aos doutores que recusam um tratamento vital aos seus pacientes quando eles (e só eles) consideram que as suas vidas já não são mais dignas de serem vividas. Acaso alguém precisa ter frequentado a faculdade de medicina, pergunto eu, para decidir se a vida é ou não digna de ser vivida, e acaso os estudantes de Medicina são instruídos em tais assuntos a ponto de fazê-los médicos especialistas a seu respeito, extraordinariamente além do alcance da lei?

E por qual direito o juiz se deu ares de indignação diante do pensamento de todos aqueles "pobres inocentes ludibriados", como ele os chamou? O que ele fez para eles durante a sua vida, ou para qualquer um dos membros da sua classe, a ponto de se comover tão intensamente por eles? Certamente, ele jamais teria encontrado qualquer um deles socialmente: de fato, a única ocasião em que ele encontrava alguém da classe deles era quando ficavam no banco dos réus diante dele, e ele os sentenciava a uma ou outra pena (nove das minhas "vítimas inocentes" haviam sido acusadas de algum crime na corte no último ano de suas vidas, e três delas foram presas). Sentenciar as pessoas à prisão dificilmente pode ser uma evidência de grande solicitude em relação ao seu bem-estar.

A preocupação expressa pelas minhas "vítimas" (ou "subjugados", como eu prefiro chamá-las) após a sua morte contrasta bastante estranhamente com a completa indiferença mostrada em relação a eles durante as suas vidas miseráveis, uma indiferença que, se você se lembrar de que era universal por parte da sociedade, contava em grande medida para aquilo que eles eram ou se tornaram.

A sociedade deixou de educá-los; a sociedade os abrigou em condições inadequadas para a habitação humana; a sociedade não lhes deu esperança; a sociedade não lhes deu trabalho e os manteve no limiar de uma existência espremida. Mas, quando eles morreram, a sociedade gemeu e rangeu os dentes. Com que direito, então, a sociedade pronuncia um juízo sobre mim?

Capítulo 13

Mas ela me julgou, e continua a me julgar. Ela se sente distintamente satisfeita consigo mesma por ter me consignado à prisão perpétua. "Ele teve o que merecia", diz ela, acrescentando, "E agora nós estamos salvos". Ela pensa que, pelo simples fato de me anatematizar, demonstrou satisfatoriamente que eu sou anômalo e pervertido, e, portanto, não sou o verdadeiro produto ou fruto dela mesma.

Mas, se eu sou tão anormal assim, senhoras e senhores, se a sociedade não me produziu nem tem qualquer lugar para mim, posso lhes indagar por que eu recebo ao menos duas declarações de amor a cada semana de mulheres que eu nunca conheci? E por que eu recebi no total quarenta e sete ofertas de casamento, quando antes que meus feitos fossem conhecidos eu não recebi absolutamente nenhuma, mas, ao contrário, as mulheres sequer notavam minha existência? Quantos de vocês que leem isto podem alegar ter sido tão amados por tantas pessoas?

E eu recebi muitos apoios além desse. Recebi cartas de diversas organizações concordando com a minha alegação de que eu não tinha recebido um julgamento justo, mas que – em razão da exposição midiática do meu caso antes do julgamento – era inconcebível que eu o recebesse. Pois, se qualquer jurado não tivesse sabido nada do assunto antes, isso teria demonstrado que ele estava tão alienado com as notícias do dia a dia que seria inadequado como jurado. Se, contudo, ele conhecesse meu caso de antemão pela mídia de comunicação de massa, ele não poderia ser um participante imparcial no julgamento. Logo, um julgamento justo não era, ou é, possível; logo, eu deveria ser libertado imediatamente.

E depois eu recebi centenas de cartas apoiando minha luta contra o elemento lúmpen na sociedade. Até onde eu cheguei a ser repreendido nessas cartas, foi somente por ter apenas começado sem conseguir ir suficientemente longe.

Por fim, eu seria acusado de ingratidão se deixasse de mencionar o Comitê Libertem Underwood (CLU), que, sem que eu tenha pedido, trabalha a meu favor, alertando a sociedade de que mesmo que eu tivesse matado, o que não foi satisfatoriamente demonstrado em meu julgamento dado que as evidências forenses estavam manchadas por escândalos passados envolvendo o laboratório, não foi por lucro ou prazer, mas por um ideal. No mínimo, eu deveria ser tratado como um prisioneiro político.

Não sou tão ingênuo, evidentemente, a ponto de supor que eu não permanecerei na prisão, e, portanto, eu devo fazer o melhor que puder disso. As autoridades não notaram que as taxas de suicídio entre os detentos de cada prisão na qual eu fui até hoje encarcerado aumentaram imensamente. Isso não é porque os prisioneiros prefiram a morte a conviverem comigo: ao contrário, graças ao meu intelecto superior, conhecimento e poderes de persuasão, eu consegui convencer uma boa parte de que, acabando com a suas próprias vidas (eu também os instrui sobre os detalhes técnicos), eles estariam desferindo um golpe contra a polícia e o detestável Departamento Prisional.

E é verdade que com cada suicídio o Departamento é forçado a experimentar um embaraço oficial. Do meu ponto de vista, é claro, eu – se me for permitido algo que vale por um jogo de palavras – matei dois coelhos com uma cajadada (a sentença prisional é chamada pelos prisioneiros de seu "coelho"). Com cada morte, eu poupei ao contribuinte milhares não mencionados, e, portanto, desempenhei mais um serviço público; mas, ao mesmo tempo, expus a hipocrisia da suposta preocupação da sociedade com o bem-estar dos prisioneiros.

Quão absolutamente típico da sociedade na qual vivemos – sua absurdidade, sua irracionalidade – que um homem como eu, cujo ódio ardente e justificado pela humanidade inútil levou a eliminar o máximo dela que conseguisse, fosse encarcerado em uma instituição cuja concentração de tal humanidade é a maior possível, ou seja, 100%, e em nome da segurança dessa mesma humanidade inútil! Mas, senhoras e senhores, eu não me desespero, longe disso. Estive observando de perto como os prisioneiros obtêm posições como faxineiros na ala hospitalar da prisão. Se necessário, eu protagonizarei um papel. E, então, quando confiarem em mim no hospital, estarei mais perto tanto dos remédios quanto do equipamento. *So little done, so much to do!* Tão pouco feito, tanto por fazer! (Cecil Rhodes).

Epílogo

Resumo das Conclusões do *Relatório do Inquérito Oficial por S. Exa., o Juiz Rosewood Davies, Sobre a Morte do Sr. Graham Underwood na Prisão, Southmead.*

i. O Inquérito concluiu que o Sr. Underwood morreu de feridas de punhaladas recebidas enquanto estava alojado na Ala "S" (a Segurança Máxima) da Prisão de Southmead.

ii. O Inquérito concluiu que todas as punhaladas sofridas pelo Sr. Underwood foram infligidas pelos detentos da Ala "S", e que não procede o rumor de que houve um complô, tanto ativo quanto passivo, por parte dos carcereiros.

iii. O Inquérito descobriu, no entanto, que os carcereiros da Ala "S" não previram razoavelmente as consequências de permitirem que o Sr. Underwood convivesse com outros detentos da Ala "S", sabidamente perigosos e violentos, muitos dos quais tendo sido condenados por assassinato, em uma época em que os sentimentos contra o Sr. Underwood na prisão estavam se intensificando.

iv. Ainda, houve muitas infrações aos regulamentos de segurança que permitiram aos detentos da Ala "S" encontrar ou fabricar armas com as quais eles esfaquearam o Sr. Underwood. Em parte, essas infrações foram causadas por níveis de pessoal inadequados, e o Inquérito recomenda, portanto, que esses níveis sejam incrementados, e, se possível, dobrados, no interesse da segurança pública e dos detentos.

v. Além disso, o Inquérito averiguou que a resposta dos funcionários em serviço na Ala "S" no momento do incidente foi inadequadamente coordenada, que houve falha no procedimento adequado adotado durante o incidente, que as comunicações com outras partes da prisão eram tão pobres que houve um atraso desnecessário na assistência médica ao Sr. Underwood e que os funcionários na Ala "S" não estavam corretamente treinados em primeiros socorros. A vida do Sr. Underwood poderia ter sido salva se os funcionários tivessem sido adequadamente treinados. O Inquérito recomenda, portanto, que mais instruções em primeiros socorros sejam dadas aos carcereiros e que sejam tomadas medidas para melhorar as comunicações entre os vários departamentos da prisão.